Anabiose

Claudine Dumont

Anabiose

roman

XYZ
éditeur

Catalogage avant publication de Bibliothèque et Archives nationales du Québec et
Bibliothèque et Archives Canada
Dumont, Claudine, 1973-
    Anabiose
    (Romanichels)
    ISBN 978-2-89261-789-4
    I. Titre. II. Collection: Romanichels.
PS8607.U444A62 2013   C843'.6   C2013-941274-3
PS9607.U444A62 2013

Les Éditions XYZ bénéficient du soutien financier des institutions suivantes pour
leurs activités d'édition:
– Conseil des Arts du Canada;
– Gouvernement du Canada par l'entremise du Fonds du livre du Canada (FLC);
– Société de développement des entreprises culturelles du Québec (SODEC);
– Gouvernement du Québec par l'entremise du programme de crédit d'impôt pour
  l'édition de livres.

Édition: Marie-Pierre Barathon
Conception typographique et montage: Édiscript enr.
Graphisme de la couverture: René St-Amand
Illustration de la couverture: Thinkstock.com
Photographie de l'auteure: Martine Doyon

ISBN version imprimée: 978-2-89261-789-4
ISBN version numérique (PDF): 978-2-89261-790-0
ISBN version numérique (ePub): 978-2-89261-791-7

Dépôt légal: 3ᵉ trimestre 2013
Bibliothèque et Archives nationales du Québec
Bibliothèque et Archives Canada

Diffusion/distribution au Canada:
Distribution HMH
1815, avenue De Lorimier
Montréal (Québec) H2K 3W6
www.distributionhmh.com

Diffusion/distribution en Europe:
Librairie du Québec/DNM
30, rue Gay-Lussac
75005 Paris, FRANCE
www.librairieduquebec.fr

Imprimé au Canada

www.editionsxyz.com

Don't it always seem to go
That you don't know what you've got
Till it's gone

Joni Mitchell,
Big Yellow Taxi

Je regarde l'écran, mais il n'y a pas de son. C'est pour la lumière. L'illusion du mouvement autour de moi. J'ai peur du noir. C'est ce qui arrive quand je bois trop. Et je bois trop. Souvent. Même les soirs de semaine depuis quelque temps. Je n'arrive plus à dormir sans. Je n'arrive plus à oublier la boîte vide qu'est ma vie, sans. La petite boîte. Vide. Je n'ose plus rien y mettre. Elle n'est pas assez solide. Du carton friable. Elle tombe en morceaux dès qu'on la remue trop. C'est comme ça. Je ne suis pas assez solide pour la vie. Pour ma vie. Une poupée de porcelaine. Je suis friable. Personne ne le sait. Il ne faut pas. C'est trop dangereux, la fragilité. Il n'en faut pas plus pour que les autres testent leur capacité à faire souffrir. Les autres. Les gens. Ceux que je connais et ceux que je ne connais pas. Les éviter, c'est éviter la douleur. C'est éviter la vie aussi.

Je me suis endormie. J'ai rêvé. Un rêve qui revient souvent. Tout le temps. Ce rêve. Je suis dans un ascenseur. Il y a plus de cent étages sur le panneau de contrôle. Des petits chiffres noirs dans des petits cercles lumineux. Je veux descendre. Je n'aime pas les ascenseurs. Dans mes rêves, ils ne vont jamais où je dois aller. Ils ne s'arrêtent jamais à l'étage que j'ai demandé. Quand je pèse sur le bouton pour demander le rez-de-chaussée, le mécanisme lâche. L'ascenseur se met à tomber. Le mécanisme lâche et l'ascenseur tombe. Je suis dedans. Coincée. Je tombe. Je sais que je vais m'écraser. Je me réveille juste avant de m'écraser. Un rêve que je fais souvent. J'ai ouvert les yeux dans mon lit et le noir était à quelques pas de moi. Prêt à écraser ce qui reste de moi. Qui se referme sur moi. Quelquefois. Quand je ne regarde pas. C'est une impression. Je le sais. Je n'en suis pas à perdre la boule. Je sais reconnaître les effets de l'alcool. Mais c'est une impression si convaincante qu'il m'arrive de me demander si ce n'est pas la réalité, et si l'impression, celle qui manque de réalisme, serait plutôt l'autre, celle qui essaie de se faire passer pour ma vie.

La télé est au pied de mon lit. C'est un grand lit. Avec beaucoup d'oreillers. Pour tromper le vide. Mais je n'arriverai plus à dormir. Une autre nuit dans mon brouillard éthylique.

J'ai dormi deux heures. Ce n'est pas si mal. Je ne travaille pas demain. Je ne veux pas penser à demain. Il y a trop d'espace à remplir quand je ne travaille pas. Trop de temps à occuper. J'ai envie de boire. Amplifier le brouillard. Obnubiler mes fonctions psychiques. Arrêter de penser. Ma bouteille est vide. C'est mieux ainsi. Non, ce n'est pas mieux. Il n'y a rien de mieux. Pas dans ma vie. Pas depuis très longtemps. Pas de mieux. Juste une sorte de continuité.

Il y a un bruit dans le corridor. Je ferme les yeux un moment. Je ne peux pas. Je sens le mouvement de l'alcool dans mon équilibre intérieur. Ça me donne la nausée. J'ouvre les yeux. Il y a deux individus dans la pénombre de ma chambre. De chaque côté de mon lit. À l'extérieur de la lumière de la télé. Habillés en noir. Masqués de noir. Je rêve ? Le type à ma droite. Il parle à son poignet. Comme dans les films. Je suis dans un film ? Il fait signe au deuxième type. Le type à ma gauche se penche vers moi. J'ai dû m'endormir. Il m'agrippe le bras. Il me fait mal. Il me met sur mes pieds. D'un seul mouvement. Je crois qu'il dit quelque chose. Je ne l'écoute pas. Je n'écoute jamais vraiment. Je suis debout. Trop vite. Le monde tangue. Le type m'agrippe les poignets et les maintient dans mon dos. C'est inconfortable. J'essaie de me dégager. Je n'y mets pas beaucoup de conviction. Je rêve. Il tient ferme. Trop. C'est dans le trop que tout devient vrai. La douleur. Je ne rêve jamais à la sensation de douleur physique. Je me contente de torture mentale. C'est suffisant. Là, la douleur pétille dans mes poignets. Elle monte dans mes bras. Elle fait éclater le brouillard dans ma tête. En morceaux. Un brouillard de glace en fragments imbibés d'alcool. Je ne rêve pas. Il y a deux types dans ma chambre. Habillés en noir. Masqués. Armés. Celui derrière moi me tient toujours les poignets. Je ne sens plus mes bras, je ne sens plus mes jambes. Les murs vont m'écraser. Je sens remonter de mon estomac le contenu liquide, aigre, je ravale. Fort. Haut-le-cœur. Un hurlement se forme dans mon ventre. Il ne trouve pas le chemin jusqu'à mes lèvres. Le type vient de me foutre un mouchoir sur la bouche. Je ne peux pas crier. Je n'arrive plus à respirer. Odeur chimique. J'essaie de bouger. Mes jambes sont en béton. Je n'arrive pas à bouger. J'essaie de respirer. Je n'arrive pas à respirer. Je ne sens plus mon corps. Mon cœur. Il bat trop vite, trop fort. Le monde devient noir. Puis plus rien.

Il y a le bruit d'un moteur. Non. Ce n'est pas un moteur. Une vibration. J'essaie d'ouvrir les yeux. Je n'y arrive pas. J'essaie de bouger, je n'y arrive pas non plus. Je suis attachée. J'entends quelque chose d'autre. Une respiration. Non. Un sifflement. Non. Quelqu'un gémit. C'est moi? Non. Ça vient de très loin. Je. Je ne sais plus. J'ai de la difficulté à me concentrer. J'ai mal à la tête. Je ne peux pas bouger. Mes bras. Mes jambes. Immobilisés. Il y a quelque chose de froid qui monte sur moi, qui enveloppe mes cuisses, mon ventre, qui monte, qui monte, c'est rendu à mon cou, c'est rendu à mon nez, c'est dans ma tête. Le froid, le noir, puis plus rien.

Une lumière blanche explose. Dans ma tête. Douleur. Je me redresse d'un bond en hurlant. J'ouvre les yeux. Déséquilibre. Je suis dans une pièce vide. Il n'y a pas de fenêtre. J'ai soif. À mes pieds, il y a un matelas. À même le sol. Gris. Propre. Rien d'autre. La tête me tourne, je retombe sur le matelas. J'ignore où je suis. Je ne me souviens pas comment j'y suis arrivée. Il y a un signal d'alarme qui hurle dans ma tête, aussi fort que la douleur. Quelque chose ne va pas. J'essaie de me souvenir. J'aperçois une porte au fond de la pièce. Sortir. Je me lève prudemment, le sol est froid. Et propre. La tête me tourne, l'estomac veut me remettre son contenu, mais je tiens bon. Je ravale. Ça me brûle la gorge. Je veux de l'eau. Je marche vers la porte. Un pied, l'autre pied. Je réalise que je suis pieds nus. Je porte le chandail blanc et la jupe kaki que j'ai enfilés pour le boulot hier. Hier. Était-ce hier? J'ai dormi une nuit? Dormir? Non. Pas exactement. J'essaie de me concentrer, mes idées ne veulent pas s'enfiler dans les engrenages de mon cerveau. Tout est éparpillé là-dedans. Je me suis endormie. Hier soir. Disons hier. Après la tequila. Comme d'habitude. Beaucoup. Pour oublier. Comme d'habitude. Pourquoi je suis ici? Un autre pas. Un pied, l'autre pied. J'ai soif. Le mur. La porte. Avant d'ouvrir, j'appuie mon front contre le métal froid. Une porte de métal. J'attends. Que mon cœur se calme. Que le signal d'alarme dans ma tête cesse de hurler. Mais rien ne s'arrête. Je respire un bon coup. Il y a une vague odeur de savon. De détergent. Non. Ça sent les hôpitaux. Le désinfectant. Merde. Je pose doucement la main sur la poignée, tout doucement, comme si elle allait exploser. Je ne sais pas pourquoi. C'est peut-être ce signal d'alarme qui fait un boucan d'enfer quelque part dans un recoin poussiéreux de mon instinct de survie, mais je tourne très délicatement la poignée. Qui ne bouge pas. Du tout. Verrouillée. Il n'y a pas de surprise. Je le savais. Je m'y attendais. Le signal qui hurle dans ma tête n'est pas dans ma tête. Je hurle depuis que je me suis levée de ce foutu matelas, je n'arrête pas de hurler et je n'arrive pas à reprendre mon souffle. Je n'arrive plus à respirer. Je sais. Je me souviens. Les hommes. Dans ma chambre. Ma gorge se serre si fort que le cri reste coincé. Le silence. Soudain. Enfin. Mon corps répond en se décrispant. Un peu. Juste assez pour laisser passer l'air dans ma gorge nouée. J'ai arrêté de crier. Je colle mon oreille à la porte. Je n'entends rien. L'absence de tout bruit est si enveloppante que ça crée une pression dans mes oreilles. On va venir. Immobile, j'entends les battements de mon propre cœur. Trop vite. Trop fort. On va venir me tuer. Je vais mourir. Mon cœur s'emballe. Je ne veux pas mourir. Réaction de panique. Plus je me concentre sur les battements, plus le rythme s'accélère. Il n'y a rien d'autre sur quoi me concentrer. Je ne peux pas me concentrer. Plus vite, plus fort. Puis il y a un fourmillement au bout de mes doigts. Mes bras deviennent lourds. Mes jambes se dérobent. Je tombe à genoux. Je vais m'évanouir. Le noir monte. NON! Mon estomac se contracte. Je vais m'évanouir, je vais vomir. Pas dans cet ordre. Je ne vais pas m'évanouir. Je. Mon estomac se soulève violemment. Je vomis. Par la bouche, par les narines. Ça brûle. L'effort

repousse le noir. Une deuxième nausée. J'ai l'impression
de vomir de l'acide. Encore. Je produis un bruit inhumain en vomissant. Une sueur amère couvre mon corps.
Ça sent autre chose que ma sueur. C'est âcre, irritant,
presque chimique. Ça sent la peur. La peur de la mort.
Je vomis. Encore. Ça me déchire le ventre. Encore. La
douleur. Encore. Il n'y a plus rien à vomir, mais je vomis
encore. Il y a une mare de bile verdâtre autour de moi.
L'odeur est si forte qu'elle me pique les yeux. Me lève le
cœur. Un autre effort. Un autre cri rauque. J'ai mal. J'ai
peur. Des larmes de sueur m'irritent les joues. Un autre
effort. Je vais me crever l'estomac, je vais vomir du sang.
Un autre effort, un autre cri. La douleur. Je suis vidée. Le
noir.

J'ouvre les yeux. Je suis sur le matelas. Quelqu'un m'a transportée. Je me relève lentement. Mon ventre me fait mal. Ma gorge me fait mal. Mon nez me fait mal. Respirer me fait mal. Ma tête vibre. Une douleur qui se réverbère sans fin. Je suis vivante. Avoir mal est toujours signe de vie. Près de la porte, il n'y a plus rien. Quelqu'un a nettoyé. Odeur de désinfectant. Mes cheveux sont humides. Mes vêtements sont propres. Quelqu'un m'a nettoyée. Odeur de désinfectant aussi. J'ai soif. Je dois réfléchir. Me concentrer. C'est difficile. Par-dessus la douleur. Par-dessus la peur. Ils sont venus. Ils ne m'ont pas encore tuée. Je respire profondément. Mes côtes me font mal, meurtries par les efforts. Des courbatures. Partout. Voilà. C'est une douleur de lendemain. J'ai dû dormir. Longtemps. Ce n'est pas dormir. C'est plutôt ne plus être là. Et ils sont venus. Et repartis. Sans m'achever. ILS. J'ai soif. Tellement. Ça me donne l'impression d'avoir du sable dans la gorge. Je regarde autour de moi. Une grande pièce. Vide. Il n'y a rien, que du béton. Et le globe de lumière au plafond. Et la porte verrouillée. Je me lève et soulève le matelas. Béton. Gris. Partout. Je marche jusqu'à la porte. Je frappe trois coups.

— Il y a quelqu'un ?

Ma voix est brisée. Éraillée.

— S'il vous plaît, j'ai besoin d'eau.

C'est un murmure. C'est tout ce que je peux faire. J'attends. C'est tout ce que je peux faire aussi. Rien ne

bouge. Je retourne au matelas. Je m'assois. Je ne comprends pas. Pourquoi moi ? Je n'ai rien d'important. Je ne
fais rien d'important. Je ne suis pas assez différente pour
faire une différence. Si je ne suis rien, pourquoi moi ? J'ai
soif. J'ai envie de pleurer. La dernière fois que j'ai pleuré,
j'avais six ans. J'avais fait une bêtise, je ne sais même plus
quoi, mon père m'a donné la fessée. Pour la première et la
dernière fois. Il m'a renversée sur ses genoux et a frappé
six coups. Par-dessus mon pantalon. Cela ne m'a pas fait
mal. Cela m'a humiliée. J'ai pleuré de rage. Mes larmes
goûtaient le plomb. Je n'ai jamais pleuré depuis. Je ne
pleurerai certainement pas aujourd'hui. Même si j'en ai
envie. Un verre d'eau. J'ai soif. Je me lève. Je m'approche
du mur. Béton. Gris. Il n'y a même pas d'aspérité. Juste
une surface grise. Unie. Je fais le tour de la pièce en longeant les murs. Il n'y a rien. J'ai envie de crier, mais je ne
crie pas. Ma gorge ne le supporterait pas. Je m'approche
du centre de la pièce. Sous le globe de lumière, il y a un
drain. Je me penche pour essayer de soulever la grille de
métal. Les trous sont trop petits pour que j'y glisse les
doigts. Je n'y arrive pas. Je retourne au matelas. Je ne sais
pas quoi faire. J'ai soif. Je suis épuisée. J'ai trop peur pour
être capable d'y penser. C'est au-delà de ce que je peux
intégrer dans mon processus conscient. Je sais que j'ai
soif. Soif d'eau. De tequila, pour oublier. Je m'allonge et
je ferme les yeux. Mes mains tremblent.

J'ouvre les yeux. J'ai rêvé que je buvais de l'eau, du café, du jus, du lait, du thé. Je buvais de la tequila, du scotch et de la bière. Je buvais. Des litres et des litres. Ce n'était pas assez. Ce n'était jamais assez. Mais il n'y a pas d'eau. Il n'y a pas de tequila. Rien. Que le béton gris. Et le globe de lumière blanche. Mes lèvres sont craquelées. Ma langue est épaisse. J'ai toujours soif. J'ai toujours mal à la tête. Je sais que ma peur est partout. Derrière. Cachée. Je ne la cherche pas. Je ne veux pas. J'ai soif. La soif remplit tout mon corps, toute ma tête. J'ai l'impression d'être une feuille d'automne. Sèche, friable. Fragile. Morte. Ils ne sont pas revenus. Je suis encore en vie. Intacte. Pourquoi? Pour mourir de soif?

— Pourquoi?

Pourquoi pas? Ma voix n'est même plus audible. Elle ne traverse pas l'épaisseur du silence. Mon ventre est gonflé. Tendu. J'ai besoin d'uriner. Une pensée dans ce désert. C'est ce qui m'a réveillée. Je fais quoi? Si je pisse proche de la porte, Ils vont venir nettoyer? Comme pour le vomi. Et je pourrai leur demander de l'eau. DE L'EAU. Même juste un petit peu. Une gorgée. Une goutte. Mais s'Ils ne viennent pas? Et s'Ils viennent? J'ai peur. Trop peur. Chut. Mon regard flotte un moment. Je vois le drain.

Je m'approche. Je suis encore courbaturée. J'ai de la difficulté à garder mon équilibre. Pisser dans le drain. Ça semble raisonnable. Comme s'il y avait place pour le raisonnable. Ici. Maintenant. Je fixe les petits trous. Mon ventre me fait mal. L'envie me fait presque oublier ma soif. Oublier mon malaise. Pisser dans un trou. Oublier. J'enlève ma petite culotte. Ma jupe. Je m'accroupis. J'essaie d'uriner sur la petite grille trouée. Je suis seule. Je suis quand même gênée. C'est bête. Je réussis à ne pas m'éclabousser. Quand c'est terminé, je ne sais pas trop quoi faire. Je n'ai rien pour m'essuyer. J'attends. C'est bête. J'attends. Je me relève et enfile ma petite culotte. Je remets la jupe aussi. Il y a du jeu. Ma jupe. Il y a du jeu entre la ceinture et mon ventre. Comme si j'avais perdu du poids. Je crois que j'ai plutôt perdu l'eau que j'avais dans le corps. Je veux retourner vers le matelas. Deux pas. J'ai un étourdissement. Je m'assois sur le béton frais. Je me couche. Je colle ma joue contre le sol. J'ai trop soif. Je ne sais pas depuis quand je suis enfermée ici. Plus d'une journée. Peut-être deux. Peut-être trois. Si j'y pense trop, je sens mon cœur s'emballer. Je sens ma peur se maté-rialiser. Je n'ai pas la force de l'affronter. La peur. J'essaie de penser à autre chose. Je sais que le corps peut tenir trois jours sans eau. Mais j'ai vomi. Trois jours sans eau. Trois jours. Je dois me concentrer. Trois jours. Trois jours. Sortir cette phrase qui prend toute la place dans ma tête. Trois jours. Trois jours. TROIS JOURS. Si je m'endors, je vais me réveiller ? Et s'ils reviennent pendant mon som-meil, je vais me réveiller ? Je veux vivre. Je veux vivre ? Je veux vivre.

Je ne dors pas. Je ne suis pas réveillée. Je me réveille, mais je n'ai pas dormi. J'ai soif. J'ai peur. J'ai soif. Ce n'est plus de la soif. C'est dépassé, la soif. C'est un état. C'est tout ce que je suis. Déshydratée. J'entends un bruit. Dans tout le silence. Dans le désert. J'entends un bruit. Je veux tourner ma tête, mais je n'y arrive pas.

Une pensée. Je réussis à me concentrer. Me réveiller. Sortir du brouillard. Traverser l'intangible. Remonter vers la surface. Vers la réalité. Vers la peur. Je ne veux pas. La soif. Il y avait quelque chose. Je devais faire quelque chose. Un bruit. Me lever. Tourner la tête. Ouvrir les yeux. Ouvrir les yeux. J'ouvre les yeux. Je rêve. Non. Réalité. Devant moi, il y a un verre d'eau. Juste là. Devant moi. Sur le béton. De l'eau. Un verre. Un mirage. Je dois me réveiller. Non. Je dois me concentrer. Lever mon bras. Voir si le verre d'eau est là. Devant moi. Mes doigts entrent en contact avec le verre. Froid. Humide. Je mets mes doigts autour du verre. Il ne disparaît pas. J'approche le verre. Doucement. Je le glisse. Doucement. Je lève un peu la tête. Je ne soulève pas le verre. Peur de le faire tomber. De le renverser. Je pose mes lèvres sur le rebord. J'aspire l'eau. Doucement. Une toute petite gorgée. Sur mes lèvres. Dans ma bouche. J'avale. Ça fait mal. J'ai l'impression que l'eau s'évapore avant de passer dans ma gorge. Est-ce que c'est de l'eau? J'aspire encore. Je déglutis. Et j'avale de l'eau. De la vraie eau. La meilleure eau que j'aie jamais bue. J'aspire encore. Fraîche. Elle ne goûte rien. Rien. Pas de métal. Pas de plomb. Pas de chlore. De l'eau. Fraîche. Qui ne goûte rien. Qui goûte tout. La vie. Je repose ma tête un moment. Juste un petit moment.

Je me soulève et prends une vraie gorgée. Petite. J'ai peur de m'étouffer. J'ai peur qu'elle disparaisse. Je sens l'eau descendre jusque dans mon ventre. Humecter tout sur son passage. C'est une sensation extraordinaire. Je bois une autre gorgée. De l'eau. Un trésor. Je ferme les yeux. Deux secondes. Trois secondes. J'en veux encore. J'ouvre les yeux. Une autre gorgée. Je ferme les yeux. Pendant un instant, j'oublie où je suis. J'oublie que je suis. Je ne sens que cette immense satisfaction. Totale satisfaction. De l'eau. J'ouvre les yeux. Le verre est presque vide. Et si je devais attendre aussi longtemps avant le prochain verre d'eau? Et s'il n'y avait pas de prochaine fois? Je me mets à genoux. La tête me tourne. Je m'assois sur mes talons. Respire. Il y a un léger brouillard autour de moi, mais le décor reste stable. Gris, béton, matelas, globe de lumière. Rien ne bouge. Je regarde le verre d'eau. L'envie de boire les deux gorgées restantes envahit tout. Ma logique. Mes pensées. Mon corps. Mon cœur. Je n'ai jamais entendu mon cœur avant. Il ne battait pas assez fort. C'est le silence. Il a sa place dans le silence. Je l'entends. Et il n'est que battements, mais il bat au rythme de ce désir hurlant: deux gorgées d'eau. Je veux boire. Je suis paralysée. Par le souvenir d'il y a huit minutes. Par ma réalité d'il y a huit minutes. La réalité où il n'y avait pas d'eau. La réalité où il n'y aura plus d'eau. Je reste là, j'observe. Je ne bouge pas. Le silence dans ma tête. Oublier la peur. Le silence. Et l'eau.

J'essaie de comprendre. Je me tue à essayer de comprendre. Je n'ai plus mal à la tête. J'ai tenu pour les deux gorgées. J'ai passé une journée à regarder le verre sans bouger. Je crois que c'était une journée. Ce n'était probablement pas une journée. Quand j'ai commencé à avoir sommeil, j'ai bu les deux gorgées et je me suis couchée. Sur le matelas. À mon réveil, il y avait un pichet d'eau. J'ai fait attention, mais j'ai tout bu avant de ressentir à nouveau le sommeil. Quand j'ai ouvert les yeux, il y avait un nouveau pichet. Avec l'ancien. L'un avec de l'eau, l'autre avec un mélange qui goûtait le citron, le sucre et le sel. J'ai tout bu. Aujourd'hui, si on est bien le jour, je n'en sais rien, les deux pichets sont là, de nouveau pleins. Je vais mieux, je réfléchis mieux, je n'ai presque plus mal, je vais mieux. Mais ce n'est pas mieux. Le silence. L'absence de temps. La peur. Tout le temps. Constante. Épuisante. Les questions sans réponses. Le silence. Les quatre murs de béton, le matelas, le silence. Et rien d'autre.

Je marche en longeant les murs. Je me couche sur le matelas. Je fais pipi dans le drain. Et j'attends. J'attends, mais je ne sais pas quoi. Tout ce que je peux faire, c'est ce que je ne veux pas faire. Réfléchir. Penser. Spéculer. Ils me gardent en vie pourquoi ? Vol, viol, kidnapping, rien ne tient. Et je n'ai rien. Et mes parents n'ont rien. Enfin, rien qui vaille mon enlèvement. La seule chose que j'ai, c'est moi. Mon corps. Hier, enfin si c'était hier, j'ai pensé au trafic d'organes. Ça ne tenait pas non plus. Je me suis examinée, je n'ai rien. Pas une suture. Rien. Je me suis dit qu'on me gardait en attendant qu'un type riche en ait besoin. Organes de secours pour riches abusifs. Porteuse d'organes. C'est un scénario tellement abominable que je n'arrive pas à y croire. Pas vraiment. Et il y a l'autre scénario. La traite des Blanches. Je suis blanche. J'ai vingt-six ans. Je suis trop vieille. Je crois. Je ne sais pas. Probablement pas. La traite des Blanches. Quelques mots qui résument l'inhumain dans l'humain. Mais pourquoi l'attente ? Et pourquoi je suis ici ? Pourquoi je ne vois personne ? Pourquoi enfermée ? Pourquoi je ne suis pas ailleurs ? Pourquoi ?

Je veux une bouteille de tequila. Mais il n'y a rien. Je veux savoir. Je veux oublier. J'ai peur. J'essaie de ne pas avoir peur, ça me paralyse. J'ai peur de devenir folle. Je joue à cache-cache dans mon propre cerveau, je cache la peur le plus loin possible. Je ne la cherche pas. Elle est là. Partout. Craintes. Horreur. Terreur. Angoisse. Panique. Dans chaque recoin. Comme des bêtes affamées prêtes à bondir. Prêtes à bouffer ce qui me reste de logique. Il ne faut pas que j'y pense. Il ne faut pas regarder. Mais il y a les pourquoi qui reviennent. Pourquoi ici, pourquoi moi ? Pourquoi, pourquoi, POURQUOI ! Il n'y a pas de réponse. Que du béton. Gris.

Une autre journée. Je crois. Combien de temps avant que quelqu'un s'aperçoive de mon absence? Je vois mes parents deux fois par année. Et je les ai vus le mois dernier. Ils vont commencer à s'inquiéter dans six mois. Ce n'est pas non plus au boulot que quelqu'un va remarquer quelque chose. Assistante téléphoniste dans une firme qui en emploie plus de quatre mille, ça ne se voit pas beaucoup. Et les gens ne restent pas très longtemps. Depuis cinq ans que j'y travaille, le cubicule à ma droite a vu passer une trentaine d'employés. Celui de gauche, deux fois plus. C'est un boulot qui tend à ramollir le cerveau à la longue. Personne ne s'embête à prévenir de son départ avec deux semaines de préavis. Ils arrêtent de venir. C'est tout. Et les ressources humaines les remplacent. Il y a sûrement déjà quelqu'un à mon poste, qui reçoit les appels des clients insatisfaits. Et il n'y a jamais de fin à cette insatisfaction. J'ai des amis que je vois rarement. Que je ne vois plus depuis un moment. Des ex-petits amis auxquels je ne parle plus. Il n'y a même pas un chat putréfié dans mon appartement pour alerter les voisins. Je suis la fille idéale à faire disparaître sans remous. C'est comme si je ne faisais pas tout à fait partie de la société. Une non-participante au genre humain. Insignifiante, présente ou absente. Ce n'est pas une révélation.

Je cogne. Avec mon poing. Depuis combien de temps? Mon poing me fait mal. Je frappe encore. Je regarde comme si je n'étais pas dans ce corps qui cogne contre la porte de métal. Entêtée. C'est bête. Ils ne répondent pas.

J'ouvre les yeux. Je ne sais même pas comment je fais pour dormir. Je ne suis pas fatiguée, je ne fais rien. J'évite de penser au moment qui va suivre. C'est tout ce que je fais. Avec acharnement. Ne pas penser que rien ne viendra. Que tout va rester pareil. Une suite infinie de moments vides. Une éternité. Je bois, je pisse, je tourne en rond, je ne réfléchis pas, je dors. Je n'ai aucune raison pour me réveiller, je n'ai aucune raison pour dormir. Je ne sais pas si je me suis habituée à la peur, ou si la peur n'est plus nécessaire, mais j'ai moins peur. J'ouvre les yeux, c'est du béton gris. C'est toujours du béton gris. Je n'ai pas peur du béton gris. Et les pichets d'eau sont toujours remplis. Il doit y avoir quelque chose dans le pichet d'eau citronnée, car je ne meurs pas de faim. Je rêve de manger. De me mettre quelque chose de solide dans la bouche. De mâcher. De goûter. De sentir. Des brioches à la cannelle. Du pain et du fromage. Des frites trop salées. Un hamburger bien gras. N'importe quoi. Quand j'y pense, j'ai la bouche pleine d'eau, je salive. Comme un chien. Je m'ennuie de manger. Mais je ne meurs pas de faim. J'ai envie d'alcool, mais pas vraiment. Il n'y a rien à éviter ici. Je n'ai pas besoin de m'embrouiller l'esprit. C'est plutôt un désir d'habitude. Réconfort. Mais pas vraiment.

Je ne me lève plus. Je reste sur le matelas. J'ouvre les yeux. Je ferme les yeux. Je ne rêve plus. Je ne suis pas certaine de dormir. Je dérive. Conscience, inconscience. Mais toujours du gris. Et le temps qui ne passe pas. Rien ne change. C'est un enfer où rien ne se passe, où rien ne bouge. Comme si j'étais déjà morte. Il faut que quelque chose change. Quelque chose pour marquer le temps. Pour ne pas devenir folle. Je ferme les yeux. Je fais un rêve. Je rêve que je me vois dormir sur le matelas. Le matelas gris. Sur le béton gris. Et mon corps devient gris. Le sol, le matelas, moi; un seul morceau gris. Immobile. Pétrifié. Je me réveille. Je ne veux pas disparaître. Je ne veux pas mourir. Je peux bouger. Je dois bouger. Je vais bouger. Faire de l'exercice. Comme les types en prison qui deviennent tous baraqués parce qu'ils n'ont rien d'autre à faire. Je suis en prison? Je vais faire de l'exercice. Je n'ai rien à soulever, mais j'ai toujours mon corps. Je n'ai que mon corps. Je me lève. Je bois. J'enlève ma jupe et je fais des étirements. Puis des redressements assis. Pas beaucoup. Je suis vite épuisée. Je fais des squats. Mes cuisses brûlent. Je continue. Je fais des pompes. Je fais deux pompes. Je n'arrive pas à en faire davantage. Puis je cours. En rond. Pieds nus. Comme un rat en cage. Pas en prison. Je suis en cage. Je cours. Je m'arrête pour boire. Je me sens un peu mieux. J'ai eu chaud, il y a de la sueur sur mon visage, mon chandail est trempé sous les aisselles. Ça sent la sueur. Juste la sueur. Pas la mort. C'est une odeur rassurante. Ça sent la vie.

J'ouvre les yeux. J'ai quelque chose à faire. Je me lève. Je bois de l'eau. J'ai mal partout. Des courbatures. Je ne savais pas que la douleur pouvait faire que je me sente bien. Je bois l'eau citronnée. Un goût différent. Je ne m'y arrête pas. Je m'étire. Je passe par-dessus le mal. Ça fait du bien. Je refais la même chose qu'hier. Je cours en rond.

C'est le matin, ce n'est peut-être pas le matin, mais c'est mon matin. Mes cheveux sont humides. Mes vêtements sentent le désinfectant. Ils lavent mes vêtements. Ils me lavent. Je réalise que je n'ai pas eu de selles depuis que je suis ici. Lavements ? Ils me lavent l'intérieur aussi ? Comment font-Ils pour faire ça sans me réveiller ? L'eau. Ils doivent mettre quelque chose dans l'eau citronnée. Je sens une sorte de révolte se former en moi. Ils me lavent l'intérieur. Ils me droguent. ILS. Une boule dans mon ventre. Puis rien. Qu'est-ce que je peux faire ? Je ne vais pas arrêter de boire. Mes exercices. Ma jupe est trop grande, je n'ai plus besoin de défaire la fermeture éclair pour l'enlever. J'ignore pourquoi je continue à la porter. Il ne fait jamais froid ici. C'est autre chose. Une histoire de rats peut-être. Les rats ne portent pas de jupe. Mais enfermés, ils courent. Ils courent en rond. Je ne suis pas un rat. Je dépose ma jupe sur le matelas. Je cours. En rond.

Je n'ai plus mal quand je me lève. Plus de nausée, plus de mal de tête. Plus de douleur musculaire. Plus de mal. Même plus de peur. Je peux faire cinquante pompes. Mais je n'en fais plus. Je préfère courir. Je peux courir pendant ce qui me semble des heures. Il y a quelque chose dans l'eau citronnée. Qui me permet de faire tout ça. Sans manger. Je le sais, le goût a changé. Je sais aussi quand Ils vont me laver. Le goût du somnifère est plus présent derrière le citron. Je pourrais ne pas boire. Je pourrais. Je ne le fais pas. Je cours. Pendant ce temps, je ne pense à rien. Mes cuisses ont changé. Mon corps a changé. Je le sais. Marque du temps qui passe. Je le sais, mais je ne le vois pas. Je ne me vois pas. Je ne me suis pas vue depuis. Depuis. Je me tâte, m'assure que je suis là. Mais je ne me vois pas dans l'absence de reflet du béton gris. Le globe de lumière est trop haut pour me renvoyer mon image. Les pichets sont en plastique. Une matière qui ne réfléchit rien. Et il n'y a personne pour me dire. Il n'y a personne.

Je suis habituée à l'absence des autres. Je recherchais l'isolement. Avant. Je l'ai créé autour de moi. Ils me pesaient trop. Les autres. Ils me faisaient mal. Avec leurs regards, leurs questions. Leurs attentes. Leurs déceptions. Je n'en voulais plus. Je ne voulais plus me voir dans leurs yeux. L'image de moi. L'image que je n'étais plus. Je n'arrivais pas à leur dire. Trop difficile. Trop compliqué. Manque de mots. Et si je trouvais les mots, il n'y avait personne pour les écouter. Pas vraiment. Mes mots ne traversaient jamais celle que j'étais censée être. Je disais « Je ne veux pas être ici », on me disait « Allons, tu adores ça, bien sûr que tu veux être ici ». Je n'adorais pas ça. Plus depuis longtemps. Mais personne n'écoutait. Personne n'écoute le changement. Je ne pouvais pas faire autrement. Et je ne savais plus qui j'étais. Je ne savais plus quoi dire. Je me suis mise à ne plus rien dire. J'évitais. On ne l'a pas vraiment noté. Même chose au boulot. Mon boulot. Je n'ose pas faire autre chose. Un boulot dans un cube isolé, avec seulement les voix des gens insatisfaits, pas de regards, pas pour moi. Juste des voix flottantes qui protestent, qui réclament, qui vocifèrent. Qui ne me touchent pas. Je ne dis rien. Je peux faire ça. Je le fais bien. Et puis je retourne chez moi l'esprit tranquille. Chez moi, je m'ennuie de chez moi. Un chez-moi juste à moi. Sans chat. Sans personne. Avec de la tequila. Pour oublier. Et faire passer le temps. En attendant. J'attendais que les choses changent. Je crois. Sans rien faire pour qu'elles changent. Les choses. Les gens. Maintenant, les choses ont changé. Il n'y a plus de choses, il n'y a plus de gens. Plus rien à éviter. Juste moi. Et moi. Avec moi. Et j'oublie. C'est plus efficace que la tequila. J'oublie qui j'étais. Pourquoi j'évitais. Je ne m'en souviens plus. Cette fille. Qui buvait. Trop. Qui travaillait. Par automatisme. Qui vivait. À peine. Par automatisme. Qui évitait. Qui avait peur. Ce n'était rien, cette peur. C'était une peur de pacotille. Une peur d'orgueil. De honte. D'humiliation. D'échec. Ça n'existe pas vraiment. C'est dans la tête. Dans ma tête. Dans la tête des autres. Irréel. Ça n'existe plus. Pas ici. Ici, il n'y a rien. Est-ce que j'existe vraiment quand il n'y a rien ? J'existe. Je vis. Je bouge. Je n'attends plus. Il n'y a rien à attendre. Délivrée de l'attente. Le rien. Le vide.

Mais il reste un désir de vie. Un désir de ne pas mourir. Un désir de ne pas devenir folle. Garder le contrôle sur mon esprit. Sur mes pensées. Vouloir. Est-ce assez ? Je ne vais pas abdiquer.

J'ouvre les yeux. Il y a cette pensée. Toujours la première pensée. Penser à demain, qui va être pareil. Comme aujourd'hui. Aucun changement. Jamais. Une suite de jours intolérables. Identiques. Je refuse cette pensée. Je ne peux pas y penser, ça me paralyse. Je repousse la pensée loin dans mon esprit, derrière un mur de béton gris. Je me lève. Je me concentre sur la minute qui vient. La seconde. Je bois. J'enlève ma jupe. Je la jette sur le matelas. Le rate. Elle frappe le mur. Je la laisse. Je cours. Je suis épuisée, je cours quand même. Quand mes poumons commencent à brûler, j'arrête de penser. Je n'arrête pas de courir. Quand je n'en peux plus, je cours encore un peu, puis je m'arrête. Vague sentiment d'accomplissement. Au moins, c'est quelque chose. En me penchant pour reprendre ma jupe, je remarque que le curseur en métal de la fermeture éclair a fait une légère marque sur le béton. Je prends le curseur et je gratte le mur. Le béton s'effrite un peu. Pas beaucoup. Mais un peu. Une marque. Je peux faire une marque. Je m'assois sur le matelas. Un monde de possibilités. Une marque. Mes mains tremblent. Je m'agenouille devant le mur. Je tiens le curseur entre mes doigts. Je fais une ligne. Une courbe. Mon cœur bat plus fort. Je trace un chemin. Ça ne veut rien dire, mais c'est quelque chose à faire. Je me mets à rire. Le son de mon propre rire me fait peur. J'arrête.

Je suis allongée sur le matelas. C'est ma nuit. Je vais m'endormir bientôt. Ça vient comme une vague. Le sommeil. Je regarde le mur. Il est couvert de petits chemins. Ils se croisent, se multiplient, se tortillent. Ils sont magnifiques. Au début, j'ai eu des ampoules sur les doigts. De la corne maintenant. Puis j'ai eu peur que le curseur se brise. S'use. Ce n'est pas arrivé. Je regarde ce dessin qui n'en est pas un. Que je trouve magnifique. Un travail d'une minutie incroyable. Qui a pris un temps fou. Je crois. Un travail méthodique. Répétitif. Compulsif. Qui ne mène à rien. Que je trouve magnifique. Le travail d'un esprit dérangé? Chut. Il reste trois murs. Cela me remplit d'une joie indescriptible. Je ferme les yeux. Je vais m'endormir. Satisfaite. Courir, puis dessiner. Je flotte entre les deux états de conscience. Il y a une pensée qui essaie de se former. Qui m'échappe. Comme un nuage qui prend une forme que je n'ai pas le temps de reconnaître avant qu'il se reforme en autre chose. Je laisse le nuage m'envelopper. Puis je la vois. La pensée. Que je ne veux pas voir. Entendre. Comprendre. Je suis heureuse. Enfermée. Isolée. Coupée du monde. Enfermée. Mais le mur, le dessin, ça me rend heureuse. Je suis brisée? Adaptée? Apprivoisée? Je sens des larmes déborder sur mes joues. C'est impossible. Je dois déjà dormir.

J'entends un bruit. Une respiration décalée. Ce n'est pas la mienne. J'ouvre les yeux. Je tourne la tête. Il y a un autre matelas. Il y a quelqu'un qui dort sur le matelas. Je me redresse. Je retiens ma respiration. Je ne bouge pas. Je rêve? J'hallucine? Je ferme les yeux. Je respire un tout petit peu. Doucement. J'essaie de calmer les battements de mon cœur. J'ouvre les yeux. Il est encore là. Il respire. Il y a un léger sifflement dans sa respiration. C'est un son. Je n'ose pas bouger. Je le regarde dormir. J'ai peur. Qu'est-ce qu'il fait là? Il est couché sur le dos. Un bras sous la tête. L'autre main repose sur son ventre. Il porte un jean gris. Un t-shirt noir. Il est pieds nus. Il a les cheveux foncés. Une barbe de quelques jours. Il dort. Il me fait peur. J'ai peur. Ce n'est pas la même peur qu'au début, celle de mourir. La vraie peur. Mais ça devrait peut-être l'être. Il va se réveiller et tout va changer. Il va me voir. Il va. Qu'est-ce qu'il fait là? Pourquoi Ils l'ont mis là?

— Non.

Ma voix. Un chuchotement. Il bouge. Dans son sommeil. Je veux qu'il ne soit pas là. Je veux le faire disparaître. Avant qu'il ne se réveille. Avant qu'il ne soit trop tard. Je veux le tuer. L'étouffer. Qu'il ne soit plus là. C'est simple. C'est instinctif. Une menace. Est-ce une menace? Est-ce que je peux tuer? Pour vivre? Pour survivre. Cette urgence, elle m'embrouille. Elle m'étouffe. Elle me paralyse. Vite. VITE! Mais vite quoi? Comment? Je n'ai pas besoin de regarder autour de moi, je sais qu'il n'y a rien.

Pourtant je regarde, je cherche. Autour de moi. Quelque chose. Une arme. Une solution. Quelque chose. Peut-être sur lui. Une ceinture? Je me retourne. Il est assis. Il me regarde. Je fige. Silence.

Il est plus vieux éveillé. Son regard est usé. Sa bouche est dure. Ses joues sont creuses. Il serre les dents. Fort. Sa mâchoire forme un carré rigide, crispé. Il fait un mouvement vers moi. Je recule. Instinct. Ses yeux s'agrandissent. De surprise. Je crois. Il ouvre la bouche pour parler. Je fais non. Non. Avec la tête. Il s'arrête. Il regarde autour de lui. Ses yeux s'arrêtent sur le mur. Sur mon mur. Celui avec les chemins, avec mon dessin. Puis reviennent vers moi. Quelque chose s'est relâché. Dans son visage. Il fait un peu moins peur. Il prend une grande respiration. Il ouvre la bouche. Il va parler. Je ne veux pas. Je ne sais pas pourquoi. Je ne veux pas.

— Ça va?

Sa voix est grave. Basse. Froide. Une vibration. Je ne sais pas quoi répondre.

— Je ne sais pas.

Un murmure. Mes cordes vocales sont rouillées, inutilisées. Pas les siennes. Il penche la tête. Comme on regarde un enfant.

— Tu as mal?

Mal? Non. Je n'ai pas mal. Pas depuis longtemps. Pas physiquement.

— Non.

— Tu es ici depuis longtemps?

Des questions. Elles me donnent mal. À la tête. Je n'ai pas envie de questions. Je n'ai pas envie qu'il soit là. Je veux qu'Ils le reprennent. Je le trouve épuisant.

— Je crois.

Il expire. Fort. Il ferme les yeux. Son front se plisse. Il lève une main et la passe sur le côté de son visage. Il ouvre les yeux.

— Tu t'appelles comment?

Je ne réponds pas. Je viens de remarquer des cicatrices sur ses avant-bras. Des plaies récentes, guéries. Des petits bourrelets de peau blanche. Mais des plaies. Beaucoup. Il suit mon regard. Croise les bras pour cacher les cicatrices. Il ne repose pas sa question. Il me regarde. Dans les yeux. J'ai l'impression qu'il regarde derrière mes yeux, dans ma tête. Je n'aime pas ça. Je ne veux pas ça. Je veux courir. Je veux dessiner sur l'autre mur. Je veux qu'il s'en aille. Qu'il disparaisse. Là. Maintenant. Tout de suite. Mais il me regarde et ne disparaît pas. Il passe la main dans ses cheveux. Il tend les bras et me montre ses cicatrices.

— J'ai essayé de m'enfuir. Tu as essayé de t'enfuir?

Je m'étrangle. Qu'est-ce que cela veut dire? Ils l'ont puni? Il a essayé de s'enfuir et s'est blessé? Il a essayé de mourir? Il y a quelque chose qui veut lâcher dans ma tête. Qui veut abandonner l'illusion d'une cohésion dans mes pensées. Qui veut hurler. Je n'ai pas essayé de m'enfuir. Je n'y ai même pas pensé. Je n'y ai même pas pensé une fois. C'était une impossibilité. Je n'y ai pas pensé. Comment ai-je pu ne pas essayer, ne pas y penser? Je suis convaincue que cela n'aurait rien changé, mais même pas une pensée? Je n'y ai même pas pensé. Je baisse les yeux. J'ai l'impression d'avoir fait une gaffe. Parce que je n'ai même pas essayé. Un sentiment qui n'est pas venu me pourrir à l'intérieur depuis longtemps. Inaptitude. Et pour cela, je le déteste. Ça monte comme une grosse vague. Submersion. Projection. Je le déteste. Disparais.

— Non.

Ma voix est comme une morsure. Un aboiement. Il me regarde. Il a entendu. Ce que je n'ai pas dit. Il l'entend. Il lève un sourcil. Il serre les dents. Il se lève. Il soulève son matelas et va le poser contre le mur. Pas celui avec le dessin. L'autre. Celui qui fait face à la porte. Puis il se rassoit, le dos appuyé contre le mur. Son regard fait le tour de la pièce, s'arrête sur le globe de lumière, puis revient vers moi. Il ne dit rien. Je ne sais pas quoi faire. J'ai envie de courir. Je n'ose pas. J'ai envie de courir et de dessiner ensuite. Mais cela est impossible. Devant lui. Inutile. Stupide.

Il ne bouge pas. Il regarde le globe. Il me regarde. Sa tête ne bouge pas. Juste son regard. Je ne bouge pas. Je suis assise sur mon matelas. Je ne dis rien. Le silence ne m'embête pas. Il m'observe. Son regard est dur. Son calme est juste une surface. Fragile. La tension de ses muscles trahit tout ce qui se passe sous cette immobilité factice. Le silence l'irrite. Je l'irrite. Colère. Je connais cette réaction. Je l'ai vue souvent. Je ne sais jamais quoi faire avec la colère des autres. Quand elle n'est pas dirigée contre moi, je ne fais rien. J'attends qu'elle passe. Quand elle est dirigée vers moi, je ne fais rien. J'attends qu'elle passe. Ce n'est pas une réponse adéquate. Je ne peux pas faire autrement. Je ne suis pas capable d'affronter une émotion aussi intense. C'est trop difficile. Trop dommageable. Le potentiel de blessures émotives. Les mots qui dépassent la pensée. L'impossibilité de garder le contrôle. Je ne peux pas répondre à cela. Je m'enferme en moi-même et j'attends que cela passe. Ce n'est pas adéquat. C'est ce que je fais.

La tension ne diminue pas. Je la sens. Elle est là. Partout. Elle vient de lui. Je subis sa tension. Je ne peux pas m'y soustraire. Je ne bouge pas. Il ne bouge pas. J'attends. Je ferme les yeux. Je m'imagine courir. Je place la sensation de mes muscles qui travaillent dans mes muscles qui ne bougent pas. J'oublie la tension. Sa tension. Je cours dans ma tête. Le plus étrange, c'est que même dans ma tête, je cours dans la pièce grise, je cours en rond.

— C'est ridicule.

Sa voix me fait sursauter. J'ouvre les yeux. Il est debout. Il est immobile. Ses mains sont dans les poches de son jean. Ses pieds sont écartés. Ses orteils semblent plantés dans le béton. Il me regarde. Il ne semble pas menaçant. Ses épaules. Il a les épaules relâchées. Son menton est relevé, fier, mais cela semble être une habitude. Il n'est plus en colère. Il attend. Je n'ai pas envie de répondre. Je ne veux pas répondre. Je marmonne.

— Le ridicule ne tue pas, lui.

Une expression de surprise.

— Bon sang, pourquoi je ferais ça ?

Moi je le ferais, si je le pouvais, pour qu'il disparaisse. Je crois. Peut-être. Pour être libre de lui. Libre ? Dans cette cage de béton ? Libre de lui… Je réalise. C'est ridicule. Je ne dis rien. Il se met à marcher. Il marche comme si rien ne pouvait l'arrêter. Rien. Jamais.

— Avec quoi tu as fait ça ?

Il pointe un doigt vers le dessin sur le mur. Je lui montre le curseur de ma jupe. Il hoche la tête.

— C'est très… détaillé. Beau. Minutieux. Tu vas continuer ?

Je ne réponds pas tout de suite. Je le regarde. Je me demande ce qui s'est passé dans sa tête pour que tout son corps change. Il n'envoie plus de menace non verbale.

— Je dois enlever ma jupe.

Pour courir. Pour dessiner. Je dois enlever ma jupe.

— Oh.

Il lève un sourcil. Et un coin de sa bouche s'étire. Comme un très petit sourire. Mais il n'ajoute rien. Il se rassoit. Sur son matelas. Il appuie ses bras sur ses genoux relevés. Ses mains pendent dans le vide, son index et son pouce droit roulent une boule invisible.

— J'ai cherché quelque chose pour marquer le temps. Je n'ai jamais pensé à mon pantalon.

Le demi-sourire, sur ses lèvres. Je ne me souviens même pas quels muscles bouger pour sourire.

— Pourquoi tu es ici ?

Ma voix est friable, à peine audible, comme si elle pouvait casser. Il me regarde. Étonné.

— Tu sais pourquoi tu es ici ?

Il y a de l'espoir dans sa voix.

— Non. Je veux dire toi, pourquoi tu es ici, dans ma pièce ?

J'ai dit MA pièce. La notion de possession me semble ridicule. Et importante.

— Manque de cage disponible? Qu'est-ce que j'en sais…

Il m'observe un moment. Il n'ajoute rien. Il ferme les yeux. Je n'ose pas me lever. Je reste sur mon matelas. L'idée d'une suite de riens interminable avec ce spectateur en bonus m'est intolérable. Je me roule en boule. Je ne ferme pas les yeux. Je ne suis pas fatiguée et je ne sais pas si je vais pouvoir dormir avec ce type dans ma pièce. Je l'entends se lever. Je me redresse. Je recule. Il se dirige vers le pichet d'eau. Il soupire.

— Je ne vais pas te faire de mal.

Son regard est calme. Je le crois.

— Tu veux de l'eau?

Je fais non. Il boit.

— Tu ne veux pas me dire ton nom?

Je fais non.

Il soupire encore, hausse les épaules et retourne sur son matelas. Je me recouche, mais je garde les yeux ouverts. Sur lui.

Je me suis endormie. Je ne voulais pas, mais c'était sans compter avec ce qu'Ils mettent dans l'eau. Je m'assois. Il dort encore. Le sifflement dans sa respiration. J'attends. Je devrais essayer quelque chose. Pendant qu'il dort. Pour qu'Ils viennent le chercher. Je ne trouve rien. Je ne peux rien faire. Il commence à bouger. Si je pouvais, je l'assommerais. Il est moins là quand il dort. Il n'y a pas une grande différence entre le sommeil et l'inconscience. Je n'ai rien. Je ne suis pas assez forte. Il ouvre les yeux. Il s'assoit.

— Hey!

Je ne réponds pas. Il n'insiste pas. Il se lève, va boire au pichet. Il ne s'occupe pas de moi. Je ne le quitte pas des yeux. Il s'assoit le dos au mur et regarde le globe de lumière. Ses cheveux semblent humides. Ils l'ont lavé cette nuit. Pas moi. La barbe de quelques jours n'est plus là. Ils l'ont rasé. Je réalise qu'Ils me rasent aussi. Les jambes. Les aisselles. Je n'y avais pas fait attention. Ils m'entretiennent. Les ongles. Indécent. C'est le seul mot qui me vient. C'est indécent. J'essaie de faire la part des choses. Enlèvement. Séquestration. Rasage. Je n'y peux rien. Cela fait une boule dans le creux de mon ventre. Moi endormie. Eux me toilettant comme une chienne. Un rat. C'est encore plus indécent que cette foutue pièce grise. Je me sens mal. Un trop de conscience. Je ne veux pas. Je n'en veux pas. Je n'y peux rien. Oublier. Faire comme si. J'inspire. J'expire. Je croise son regard.

— Tu as eu combien de cycles menstruels depuis que tu es ici?

Quoi?

— Quoi?

— Ça pourrait nous donner une idée du temps qui passe.

Nous? Il n'y a pas de nous. Il y a lui, il y a moi. Je ne veux pas de lui. Je ne veux pas de nous. J'ai envie de ne pas répondre. Je suis confuse. Je ne l'avais pas réalisé, mais je n'en ai eu aucun. C'est insensé. Je ne saigne plus?

— Aucun.

— Tu crois être ici depuis moins d'un mois?

— Non. Je crois que je ne saigne plus.

— Hum.

Il n'ajoute rien. Moi, je suis prise avec toutes ses questions. Qui insistent. Qui poussent. Qui se bousculent. Encore. Comment j'ai pu ne pas remarquer? Qu'est-ce qu'Ils font? Qu'est-ce qu'Ils mettent dans l'eau? Est-ce parce que je ne mange pas? Pourquoi? J'ai envie de boire. Du scotch. De la tequila. Envie. Envie. ENVIE. Je n'avais pas eu cette envie depuis. Depuis ici. Je veux le silence dans ma tête. Je repousse les questions. Je cherche le mur de béton. J'empile tout derrière. Je veux de l'espace dans ma conscience. Je veux. Il bouge. Je ne veux pas d'autres questions. Je me roule en boule et je cache ma tête dans mes bras. Je le fais disparaître.

Il est encore là. J'essaie de me raisonner. J'essaie de faire comme si j'étais seule. Je ne peux pas. Je n'y arrive pas. J'ai envie de courir. Je n'ose pas. J'ai envie de dessiner. Je n'ose pas. Je ne sais pas qui il est. Pourquoi Ils l'ont mis là. Avec moi. Je me sens prisonnière dans ma propre prison. C'est ridicule. C'est comme ça. Sa présence limite ma liberté encore plus que les quatre murs gris de cette foutue pièce. Il se réveille. Il s'assoit. Passe une main dans ses cheveux. Il me salue d'un hochement de tête. Je ne réponds pas. Il va se chercher de l'eau. Il prend trop de place. Il prend toute la place. Je ne sais pas comment il fait. C'est ce qu'il dégage. Impatience. Irritation. Colère. Il marche comme si chacun de ses pas écrasait l'un d'Eux. Il vibre. Voilà. Il vibre comme une surcharge sur le bord de disjoncter. Il ne se tourne pas vers moi, il me parle.

— Il faut provoquer quelque chose.

Provoquer. Briser le cycle. À quoi cela pourrait servir? Comment je pourrais servir à quelque chose?

— Cela ne pourrait servir qu'à empirer les choses.

Il se retourne. Plante ses yeux dans les miens. Son regard est trop dur. Comme une gifle. Mouvement de recul.

— Pire que d'être enfermés dans cette pièce à attendre?

Il y a tellement pire. Comment peut-il ne pas le savoir?

— Ils pourraient ne plus remplir les pichets.

Il s'arrête. Il ne bougeait pas, mais il s'arrête. Il arrête de prendre toute la place. Pendant un bref moment, il est diminué. Il m'observe. Sa voix est prudente.

— Ils t'ont déjà enlevé l'eau?

Un autre regard. Différent. Je ne réponds pas. Je l'observe. Il attend. Il me laisse le temps.

— Les premiers jours, il n'y avait rien.

— Quoi?

— Il n'y avait pas d'eau.

— Pendant des jours?

— Oui.

Il ferme les yeux. Il expire. Je comprends que c'était différent pour lui. Il n'a pas connu la soif. Pourquoi moi et pas lui?

Je sens sa colère qui reprend le dessus. Physiquement, c'est visible. Les muscles de sa mâchoire qui se contractent. Le dos droit. Les poings. L'effort pour garder le contrôle. L'air qui se charge, qui prend du poids. Ma poitrine soudain oppressée. Réaction. Briser la montée avant l'explosion. Faire quelque chose. Dire quelque chose. Vite.

— L'eau est venue longtemps après. D'abord un verre. Puis un pichet. Puis l'autre.

J'entends dans ma voix tout ce que je ne dis pas. Il l'entend aussi. Il s'agite. Il prend de l'expansion. C'est comme s'il gonflait. Il reprend toute la place. Il m'écrase. Échec.

— Et tu n'as rien fait?

Faire quoi? Il parle comme s'il y avait eu des possibilités. Je n'ai pas eu l'impression d'avoir le choix. Je n'ai pas l'impression de choix. Nulle part.

— Je tiens, c'est ce que je réussis à faire.

Il me regarde. Du haut de ses six pieds. Il semble si haut qu'il me donne le vertige. Il se remet à marcher. Ce n'est pas marcher. C'est autre chose. C'est plutôt comme s'il cherchait quelque chose. Quelque chose à mordre.

— Tenir jusqu'à quoi?

Il serre les poings. Il va jusqu'à la porte. Il revient vers moi. Il ne me regarde pas.

— Tu t'imagines qu'ils vont finir par te laisser retourner chez toi? Si tu fais la bonne fille?

Il me fait mal. Ma voix est toute petite.

— Je ne sais pas, je n'y ai pas pensé comme ça.

Pas exactement comme ça, mais je réalise que oui, d'une certaine façon. Espoir.

Il est en colère. Contre moi. C'est visible sur tout son corps. Pourquoi?

— Écoute, petite…

Petite? Il n'y a pas dix ans entre lui et moi.

— Ce qui arrive, ça ne respecte pas les règles. Les choses ne vont pas bien finir parce que tu fais la gentille. Qu'est-ce que tu t'imagines? Une justice?

— Arrête.

J'ai chuchoté. Je n'ai pas envie d'écouter ce qu'il a à dire. Je ne veux pas regarder derrière le mur de béton dans ma tête. Je veux tenir. Il ne m'entend pas. Il continue.

— Il faut faire quelque chose, c'est la seule façon de sortir d'ici, ce n'est pas comme si on allait venir nous chercher…

Je ne réponds pas. Je ne le peux pas. Je crois qu'il a raison. Je crois que j'attends une justice. C'est ce qu'on m'a toujours enseigné. À la maison, à l'école. Si tu fais ce qu'il faut, tu vas réussir. Si tu y mets les efforts nécessaires, tu vas réussir. Une justice intrinsèque à la vie. Une équité préalable à toute action. Mais ce n'est pas vrai. C'est toute une structure de pensée que je laisse s'effondrer dans ma tête. C'est ce que je repousse derrière le mur de ma conscience depuis que je suis ici… Lui, il a eu de l'eau. Tout de suite. Pas moi. Pourquoi?

— Je ne vais pas attendre ma mort les bras croisés. Alors tu peux rester à « tenir » si tu veux. Je…

Je ne dis rien. Je n'en peux plus. Je ne veux plus l'entendre. Je ne peux même pas penser à la mort. Je ne veux pas. J'essaie de le détester. Lui. Mais je ne peux pas. Pas exactement. Je sais qu'il a raison. Il me reste au moins ça. Un semblant de raison. Il a eu de l'eau. Pourquoi? J'essaie de maintenir l'illusion que les choses peuvent changer d'elles-mêmes, que ma situation peut s'améliorer. Que l'insensé va finir et laisser l'ordre reprendre son cours normal. J'essaie. Je ne peux pas. À cause de lui. Ses mots. Sa présence.

— Assez.

Il s'arrête. Un murmure. Je n'ajoute rien d'autre. Mais il m'entend. Il arrête. Il me faut un moment. Je sens des gouttelettes de sueur sur mes tempes. Sur mon front. Sur le dessus de ma lèvre supérieure. Respirer.

Il s'approche de mon matelas. Je l'entends. Je ne veux pas ouvrir les yeux. Je ne veux pas relever la tête. Il effleure mon épaule. À peine. J'ouvre les yeux. Je lève la tête. Il s'est accroupi. Pour être à ma hauteur. Ses yeux sont inquiets.

— Je suis désolé.

Je n'ai rien à dire. Je ne peux quand même pas répondre «Ça va, c'est bon, tout va bien». Je ferme les yeux. Évitement. Je l'entends changer de position. Il laisse le silence flotter un moment. Puis sa voix, contrôlée, grave, prudente.

— Mais il faut quand même faire quelque chose.

J'ouvre les yeux. Il est assis. Ses longues jambes étendues devant lui. Il regarde dans le vide. Il me laisse de la place. Je peux respirer.

— Il faut faire quelque chose.

Il est tellement convaincu.

Je ne l'entends pas respirer. J'ouvre les yeux. Je me redresse. Il est toujours là. Il dort. Mais je ne l'entends pas respirer. Je marche doucement vers lui, sans bruit. Il est peut-être mort. Je me penche très lentement. Je ne veux pas qu'il se réveille. Je l'observe. Il dort sur le dos. Il a l'air plus jeune les yeux clos. Sa bouche est entrouverte. Son torse se soulève. Il respire. Je réalise que je suis soulagée. Je ne le voulais pas mort. Je ne sais pas pourquoi. Je veux juste qu'il ne soit plus là. Puis il ouvre les yeux. Mon mouvement de recul est trop brusque. Je perds l'équilibre. Ses yeux s'ouvrent trop grand. Il est debout avant que je heurte le béton. Sans bruit. Le silence. Il y a trop de silence. Il me parle. Je vois qu'il hurle. Je n'entends rien. Il s'arrête. Il frappe des mains. Je n'entends rien. Je n'entends rien. Je secoue la tête. Il porte les doigts à ses oreilles, il secoue la tête. Il montre ses oreilles. Il n'entend rien. Je n'entends rien. Je fais non avec mes lèvres. Je crie. Je sens une vibration dans ma gorge, mais je n'entends rien. Il est debout. Il me regarde. Il ne bouge pas. Il est figé. Je ne trouve pas la force de me relever. Il y a mille pensées qui se bousculent à un rythme impossible dans ma tête. J'ai l'impression que je vais imploser. Mes doigts commencent à s'engourdir. Je reconnais la panique. La gorge qui se serre, l'estomac qui se soulève. Le froid aux extrémités. Non. Je ne veux pas perdre conscience. Pas maintenant. Il doit y avoir quelque chose dans mes yeux, sur mon visage, parce que quelque chose passe dans le sien. Il se penche, me saisit par les épaules et me relève. Brutalement. J'ai une faiblesse, je m'accroche à ses avant-bras. Je reste debout. Il tient mes épaules. Je tiens ses bras. Son nez est à quelques centimètres du mien. Je lis sur ses lèvres : respire. Il détache les syllabes. Res-pi-re. J'inspire profondément. Il expire avec moi. Son souffle est chaud sur mon visage. Son haleine sent légèrement le citron. Il regarde autour de nous. Il me tient toujours. Je me concentre. Respire. Je n'entends pas les battements de mon cœur se calmer. Mais je le sens. Je ferme les yeux. Il me secoue. J'ouvre les yeux. Il me regarde. Inquiétude dans ses yeux. Je hoche la tête. Je suis là. Je vais tenir.

Il me lâche, laisse ses mains près de mes épaules, prêt à me retenir si je tombe. Je le lâche. Je respire. Il recule d'un pas. Il attire mon regard, pointe l'index et le majeur de sa main droite vers ses yeux, puis vers mon oreille. Il veut regarder dans mes oreilles. Je place mes cheveux derrière mon oreille et j'approche ma tête. Il est plus grand que moi, il doit se pencher. Il me fait signe de lui présenter l'autre oreille. J'obtempère. Il me tourne un peu vers la lumière. Tire sur le lobe de mon oreille. Puis me libère. Il fait non. Rien. Pas d'opération pour nous enlever l'ouïe. Il montre ensuite du doigt le globe de lumière et mime une injection. Une injection ? Le globe ? Ils ? Il commence à regarder ses bras. Il retire son t-shirt et scrute son torse. Il cherche une marque, une trace d'injection. Il se retourne et pointe son dos. Je m'approche et regarde chaque centimètre de son dos. Je soulève ses cheveux pour examiner son cou. Je vois le frisson couvrir sa peau à mon contact. J'ai un mouvement de recul, mais je ne retire pas ma main, j'inspecte derrière ses oreilles, je ne trouve rien. Il se retourne, je secoue la tête. Il commence à défaire son pantalon. Je me trouve ridicule, mais je détourne les yeux. Je masque mon embarras en observant mes bras, mes mains, mes doigts. Je ne vois rien. Je scrute mes cuisses, mes jambes, mes pieds, mes orteils. Rien. J'essaie de ne pas enregistrer l'absence de bruit de mes mouvements. Je lève les yeux. Il me regarde. La question est dans ses yeux. Je hausse les épaules. Il passe la main sur le côté de son visage, puis remet son pantalon. Il va s'asseoir sur son matelas. Il regarde le globe de lumière. Il y a tellement de haine dans son visage, aucun mot ne peut traduire cette expression. Moi, j'ai peur. Il arrive quelque chose, j'ai peur. Puis je panique. Puis je m'habitue. Lui, il est en colère. Il hait. Féroce. Animal. Haine. Je ne crois pas qu'il s'adapte. Je ne crois pas qu'il s'habitue. Je regarde les lignes blanches sur ses bras. Jamais.

J'ouvre les yeux. Je n'entends rien. Il dort. Je n'entends pas sa respiration. Je suis encore sourde. Pour toujours? Je n'y pense pas. J'évite. Je ne me lève pas. Je ne sais pas quoi faire. Je le regarde. Il s'éveille. Il s'assoit. Il me regarde. Il fait signe vers ses oreilles. Je fais non. Pas de son. Il se lève pour boire de l'eau. Il retourne sur son matelas. Le dos au mur. Les yeux sur le globe. Je regarde le globe. Puis je comprends. Comment Ils savent. Le globe. Je n'y avais pas pensé. Je ne m'étais même pas posé la question. Ils m'observent. Évidemment. Seul le globe peut cacher quelque chose. Il n'y a rien d'autre. Lui le savait. Lui y a pensé. Lui. À voir l'habitude qu'il a de fixer la lumière sans cligner des yeux, cela fait longtemps qu'il sait. Je m'approche et m'assois à ses côtés. Sur son matelas. Je regarde la lumière. Je ne vois rien. Que du blanc. Trop de blanc. Mais je reste les yeux plantés dans la lumière. Même si ça fait mal. Juste pour ne pas y avoir pensé avant. Puis je vois. Des morceaux de blanc moins blancs. Gris. Une ombre qui bouge à l'intérieur. Au centre. Je me retourne vers lui. Je ne le vois pas, je vois une grosse tache de lumière. Je ferme les yeux. La boule de blanc reste imprimée sur ma rétine. J'attends qu'elle disparaisse. J'ouvre les yeux. Il me regarde. Je prends son bras et expose son avant-bras. J'écris un *E*. Je forme le son avec mes lèvres. *E*. Puis je fais pareil avec chaque lettre de mon nom. Je prononce le nom en syllabes détachées. Je pointe l'index vers mon cœur. Emma. Il me sourit.

Ça semble facile pour lui. Sourire. Il prend mon bras et écrit Julien. Je fais Julien avec mes lèvres. Il lève le pouce. Compris.

Je me lève. J'ai besoin d'eau. Je me dirige vers les pichets. Juste l'eau. Pas le truc protéines comprises. Quand je porte le pichet à mes lèvres, Julien apparaît et retient mon bras. Je sursaute. Je suspends mon geste. Il pointe un doigt vers l'eau et se bouche les oreilles. Quelque chose dans l'eau ? Je ne crois pas. Elle ne goûte rien. Je le lui fais comprendre. Je touche ma langue. Je fais non. Je pointe l'index vers l'eau protéinée. Je hausse les épaules. Peut-être. Je bois une gorgée. Il retourne s'asseoir. Je ne peux pas. Je ne veux pas rester immobile. C'est pire. Le silence en plus de l'absence de mouvement. Je me mets à marcher. En rond. Comme quand je cours. Je marche. Je ne regarde pas Julien. Je regarde mes pieds. J'essaie d'oublier le silence. Je marche de plus en plus vite. J'oublie Julien. Sa présence. Sa colère. Je me mets à courir. Je n'entends pas ma respiration s'accélérer. J'essaie de ne pas y penser. Ma jupe me gêne, je m'arrête, je l'enlève. Je la balance sur mon matelas. Je me remets à courir. Je prends de la vitesse. Je me concentre sur l'air qui entre dans mes poumons, qui sort de ma bouche. Sans bruit. Mes pieds qui ne résonnent pas sur le béton. Je sens les coups. Chaque pas résonne dans mes genoux, dans ma colonne. Dans mon crâne. Je pense à une chanson. Pour occuper mes pensées. Pour remplir le silence. *Run Like Hell* de Pink Floyd. D'abord la musique, puis les paroles. *You'd Better Run*. Mon cerveau peut être conséquent. Je cours les yeux fermés. Je connais mon parcours par cœur. Je cours jusqu'à ce que mes pieds me supplient de cesser. Je diminue d'abord, puis je marche et j'arrête. Je reviens. Dans le silence. Je lève les yeux. Julien me regarde. Je devrais être gênée. Je ne le suis pas. Il n'y a pas de jugement. Sur ses lèvres, je lis la question « Ça aide ? » Je fais « Oui ». Il lève le pouce. Il se lève. Il prend une grande respiration. Il se met à courir.

Il prend mon chemin. Je vais vers mon matelas. J'enfile ma jupe. Je m'assois et je le regarde courir. Je compte. Au début, quand je courais, je comptais tout le temps. Cela m'aidait à ne penser à rien. Je sais en combien de secondes je fais un tour de chambre. Il en met un peu moins. Ses jambes sont longues. Ses foulées sont entêtées. Il n'y a rien d'incertain chez lui. Le regarder courir est presque aussi libérateur que de courir moi-même. Hypnotisant. Quelque chose à regarder. Quelque chose pour occuper mon cerveau. Même sans trame sonore, la distraction est là. L'absence de pensées sans l'effort. Le divertissement.

Une douche. Chaude. La sensation de l'eau. L'odeur du savon. Un détail dans le quotidien. Je me réveille avec ce manque sur ma peau. Il n'y a pas de douche. Il n'y a pas d'eau chaude. Il y a le silence. Et l'Autre. Je le regarde dormir. Il est paisible. Quand ses yeux s'ouvrent, c'est autre chose.

Je n'ai pas encore ouvert les yeux. Ma conscience enregistre le silence. Une autre nuit. Rien n'a changé. J'ouvre les yeux. Je tourne la tête vers Julien. Il dort. Sur le dos. Un bras sous la tête. Il se couche ainsi, il se réveille dans la même position. Il dort sans bouger. Je demande « Tu m'entends ? » Il ne se réveille pas. Je ne m'entends pas. Rien n'a changé. Nous avons essayé de ne pas boire d'eau hier. Ni l'eau, ni le liquide protéiné. Je suis assoiffée, et je n'entends rien. Je me lève et je bois. Je profite de son sommeil pour uriner. J'ignore pourquoi, je me réveille toujours avant lui. Il s'endort peut-être après moi. Je m'assois sur mon matelas et j'attends qu'il s'éveille. Le rythme de sa respiration change quand il est sur le point de se réveiller, je le vois dans le soulèvement plus rapide de sa cage thoracique. Il ouvre les yeux. Je vois ses lèvres remuer. Il fait la même chose que moi. Il ne dit peut-être pas la même chose, mais c'est pareil. Il s'assoit et me fait un demi-sourire, un sourcil levé. Je fais non. Il hausse les épaules. Il va boire. La première fois, quand il a bu au pichet, ça m'a agacée. Ses lèvres sur Mon pichet. Cet inconnu. Cette intimité forcée. Puis c'est devenu Le pichet. Et cela n'a plus d'importance. Il me fait un signe vers le drain. Je me tourne contre le mur. Quand il a terminé, il vient me le signaler en me touchant l'épaule. Cela le fait sourire. Je ne vais quand même pas le regarder pisser.

Je me lève pour courir. J'enlève ma jupe. Je la laisse sur mon matelas. Je sens la main de Julien sur mon bras. Mon cœur sursaute. Je réussis à le cacher. Je me retourne. Il me mime, avec ses deux mains, majeur et index remuant, deux personnes qui courent ensemble. Je fronce les sourcils. Je ne sais pas. Courir ensemble. Pourquoi? Comment lui faire comprendre que je ne veux pas, sans aucune bonne raison pour soutenir mon refus? Sans moyen pour lui faire comprendre? J'accepte avec un bref hochement de tête. Il se met à ma droite. Nous commençons lentement. Marche rapide. Ça va. Puis j'accélère. Il me suit. Il me dépasse. Puis ralentit dans le tournant. Je ne l'anticipe pas et je reçois son coude sous le menton. C'est comme un coup de poing en pleine gueule. Je m'arrête. Je vois des étoiles. Il se retourne. Mes mains soutenant ma mâchoire lui indiquent le point d'impact. Il vient vers moi. Ses yeux sont trop grands ouverts. Je me prépare pour sa colère. J'aurais dû ralentir. Il s'approche encore de moi. Sa confusion est évidente. Je lis sur ses lèvres ses excuses. Il retire mes mains et regarde sous mon menton. Son pouce suit l'os de ma mâchoire. Ses sourcils sont tellement froncés qu'ils ne font plus qu'un. J'essaie de lui faire comprendre que ce n'est rien, que ça va aller, mais il ne me regarde pas. Mes mains sont coincées entre nos corps tellement il est proche. Je garde mes yeux levés au plafond pendant qu'il tâte mon menton. Il semble que tout est en place, il retire ses mains et je baisse la tête. OK. Je vais le laisser courir en premier. Comme j'essaie de lui faire comprendre, il me saisit le visage à deux mains, ses yeux sont remplis de colère. Pendant une fraction de seconde, je pense qu'il va me mordre. Son nez est collé sur le mien, il ne me regarde pas, il est trop proche, il a les yeux fixés sur ma bouche. Ses pouces écartent mes lèvres avec délicatesse. Je réalise au même moment que je saigne. Le goût du sang. L'odeur du sang. Il recule pour capter mon regard. Il tire la langue. Je tire la langue. Il soupire. Même si je ne l'entends pas, mon cerveau qui enregistre le mouvement imagine si bien le son que j'ai l'impression de l'entendre. Je me suis mordu la langue. Sans gêne, il passe un pouce sur ma blessure pour évaluer les dommages. J'ai un mouvement de recul qui ne va nulle part. Ma tête est coincée dans ses mains. Poigne de fer. Il revient à mes yeux. Un avertissement. Je ne bouge plus. Son pouce finit son trajet. Sous le sang, je goûte le sel de sa peau. Il revient à mes yeux. Il fait « Ça va ? » J'avale. Je grimace. Je teste ma langue contre mon palais. Douloureux. Un peu. Je fais « Oui ». Il laisse retomber ses mains. Il recule un peu. Il essuie sur son jean le sang qui reste sur son pouce. Il se place à ma droite. Il prend ma main droite avec sa main gauche. Il se met à marcher. Je fais de même. Il accorde son pas au mien. Nous faisons plusieurs tours en marchant au même rythme. Puis nous accélérons un peu. Il fait des enjambées un peu plus courtes pour me suivre, je cours un peu plus vite pour le suivre. Nous trouvons l'équilibre. Nous faisons plusieurs tours. Il lâche ma main. Nous courons. Longtemps. Quand l'odeur de sa sueur arrive jusqu'à moi, je réalise à quel point le vide de cette pièce s'est tout approprié. Une odeur. Humaine. Masculine. Elle n'est même pas désagréable.

Je me réveille. Je vais au drain. Je bois de l'eau.
J'attends qu'il se réveille. Il va au drain, il boit de l'eau.
Puis nous courons. Ensemble. Synchronie. Nous arrêtons. Il sourit. Il semble, pendant un bref moment, libre.
Je crois qu'avant d'atterrir dans ma pièce, il n'avait pas
trouvé le moyen pour sortir de ses pensées. Il n'avait
peut-être pas cherché à le faire. Trop occupé à vouloir
sortir d'ici. Trop en colère. Je ne m'habitue pas au silence
de mon souffle. Je prends de trop grandes respirations,
pour sentir, mais je n'entends rien. Il vient vers moi et
prend ma main. Je ne recule plus quand il me touche, il
écrit souvent sur mon bras ou m'effleure pour avoir mon
attention. Cette fois-ci, il met ma main sur son torse, et
pose sa main par-dessus. Je fronce les sourcils. C'est un
peu plus délicat, comme contact. Il me fait un clin d'œil.
Je ne retire pas ma main. Je sens les coups. Dans la paume
de ma main. Son cœur qui cogne contre sa poitrine. Qui
décélère. C'est un peu comme entendre la respiration
reprendre son rythme régulier. Je ferme les yeux. Je laisse
les coups m'envahir. Pendant un bref instant, j'entends.
Ce n'est pas avec mes oreilles, mais je ne le réalise pas
tout de suite. J'ouvre les yeux. Je lui dis «Merci». Il me
fait un sourire triste. Il retire sa main et se dirige vers son
matelas.

Il passe beaucoup de temps les yeux fermés, le front soucieux. Il n'a pas abdiqué. Il cherche toujours une solution. Une sortie. Il l'a fait une fois. Les marques sur son bras. Je ne sais pas ce qu'il a fait. J'aimerais savoir, mais comment expliquer quelque chose qui prendrait de grandes phrases pour être compréhensible? J'aurais dû lui demander avant. Je m'imagine les rouages de son cerveau sous son front. Je m'imagine le bruit qu'ils font. Je pense à ce qu'il était avant. Je l'imagine à la tête de quelque chose. Habitué à diriger. Prendre les devants. Monsieur questions. Monsieur colère. Et ce pli permanent entre ses sourcils. Beaucoup de soucis. Peut-être qu'il travaille en costume. Il doit être impressionnant en costume. Toute cette énergie écrasante en cravate. Mon supérieur travaille en costume, mais il n'est pas impressionnant. Même avec cravate. Il est bedonnant. De bedaine et de tempérament. Je ne sais pas comment le dire autrement. Mais il n'est pas très important. Ni imposant. Le respect que je lui porte n'est pas réel, il ne vient pas naturellement, il est mis en scène. C'est une convention de principe. Julien, même sans cravate, impose le respect. Il n'y a pas d'entente préalable nécessaire. Je marche vers lui. Il ne m'entend pas venir et je dois lui effleurer le bras pour qu'il ouvre les yeux. Je prends son poignet et je passe mon doigt sur les lignes blanches. Je fais « Comment ? » avec mes lèvres. Il pointe un doigt vers le globe. Ils ? Ils t'ont fait cela ? Je mime un couteau sur ses bras. Il fait non. Il se lève, fait comme s'il prenait le matelas, comme s'il le lançait contre le globe. Il se penche pour prendre les morceaux imaginaires et fait le geste d'entailler ses bras. Les lignes ne sont pas sur ses poignets. Ce n'était pas pour mourir. Il voulait provoquer. Faire réagir. Faire bouger les choses. Je hoche la tête. Compris. Il vient se rasseoir. Je m'assois à ses côtés.

J'ai commencé d'autres petits chemins sur le mur. Le grattement vibre sous mes doigts. Le temps passe. Un peu. Je me retourne vers lui. Il m'observe. Ce n'est pas étrange. Ce n'est pas un regard qui scrute. Qui viole. C'est un regard usé, en surface. Il ne me voit pas. Il regarde le mouvement. Divertissement.

Je suis assise sur mon matelas. Je l'ai rapproché du mur. Pour appuyer mon dos moi aussi. Julien vient vers moi. Il prend mon poignet. Je pense qu'il veut écrire, mais il redresse mes genoux et replie mon bras de façon à le poser dessus. Il s'assoit devant moi et pose ses doigts sur mon bras. Puis il se met à pianoter. Il joue du piano. J'ouvre de grands yeux. Il sourit. Il s'arrête. Je fais « Encore » avec mes lèvres. Il pianote. J'étends mon bras pour lui donner plus de surface. Il modifie sa position et continue. Je peux imaginer les notes. Je souris. Il s'arrête. Il montre du doigt mon sourire. Il lève le pouce. Puis se remet à jouer des notes imaginaires pour mes oreilles sourdes. Je souris. Je regarde ses doigts s'agiter. Puis je vois. Je la vois. J'agrippe sa main. J'écarte son index et son majeur. Elle est là. Petite trace d'injection. Je lève les yeux. Il la regarde. Il me regarde. Il n'y a rien d'autre à faire.

J'ouvre les yeux. Je dis :

— Tu m'entends ?

Je m'entends. De loin. Comme si trois murs me séparaient de ma voix. Mais j'entends. Je crie, je hurle :

— JULIEN !

Je sens presque une déchirure dans ma gorge tellement je pousse ma voix. Il bouge dans son sommeil. Il ne bouge jamais dans son sommeil. Je cours jusqu'à son matelas. Je le secoue. Il ouvre les yeux. Je hurle malgré l'irritation :

— Julien, tu m'entends ? Je m'entends !

Il se lève comme si je l'avais électrocuté. Il me prend les épaules, me fait suivre son mouvement.

— Tu m'entends ? Dis-moi que tu m'entends ! Bon sang, dis-moi !

Sa voix est encore plus lointaine que la mienne, mais je l'entends. Il me tire vers lui et me serre de toutes ses forces. J'éclate de rire.

— Ton rire ! Tu ris, je t'entends. Oh, je t'entends !

Il se met à rire à son tour. Sa bouche est contre mon oreille et je l'entends autant que je le sens. Son rire, dans mes bras, je le sens, je l'entends. C'est une sensation incroyable, exactement la même émotion, au même moment, ce ne sont pas des mots, c'est un état. Un partage. Une connexion. Je ris, je suis heureuse. Il rit, il est heureux. C'est tout. Un moment. Une seconde.

Je n'ouvre pas les yeux. J'écoute le bruit que fait mon souffle contre ma main. J'écoute. Un bruit de vent. Je m'ennuie du vent. Je garde les yeux fermés. Le sifflement dans la respiration de Julien. Je l'entends. Le léger bruissement du matelas qui suit le mouvement de mes expirations. L'imperceptible bourdonnement de la lumière. Je ne l'entendais pas avant. Je l'entends. J'entends.

— Tu veux apprendre la valse? Je peux danser la valse. Je peux te montrer. C'est quelque chose à faire.

Valser? Nous avons couru. J'ai dessiné. Il a fixé la lumière. Je suis sur mon matelas, il est sur le sien. Danser. Avec de la musique imaginaire. Non. C'est toujours non pour ce que je ne connais pas. Surtout quand le risque de ridicule est grand. Puis je regarde Julien. Pas de ridicule en vue. Et c'est quelque chose à faire. Simple. Inestimable.

— Je… OK.

Il lève le pouce, puis se lève.

— J'ai une voix épouvantable, je suis incapable de chanter, mais je vais fredonner quand même. Pour le rythme. Je te défends de rire.

Il fait la grosse voix, mais ses yeux sont pleins de sourires. Il me tend la main. J'y pose la mienne. Il place mon bras sur son épaule. Il me dépasse d'une tête. Il glisse son bras dans mon dos. Il me montre les pas de base. J'essaie de suivre. Cela prend toute ma concentration. Je regarde le plancher. Je regarde mes pieds. Il me redresse la tête. J'ai peur de lui écraser les orteils. Puis je réalise que ce n'est pas vrai. Je n'ai pas peur. Nous sommes pieds nus. Je sens ses mouvements, je sens l'air qui se déplace, je sens la chaleur de ses pieds. Je ne lui écrase pas les orteils. Il me redresse les épaules. Il y a des muscles dans mon dos qui ont dormi toute leur vie et qui s'éveillent en protestant. Il redresse ma cage thoracique en poussant son poing dans le milieu de mon dos. Les muscles trouvent leur place. Leur utilité. Cela crée une chaleur. Je ne suis plus une guenille molle. C'est épuisant. C'est libérateur. J'aime danser. Je ne le savais pas. J'aime la valse. Ça ne va pas trop vite, c'est comme glisser sur un nuage. Il me fait tourner. Je perds l'équilibre. Ce n'est pas grave. Je recommence. Encore. Je danse. En fait, il danse et je le suis. Il dirige mes pas, il dirige mes mouvements, il dirige. Il comptait, maintenant il fredonne. Je ne trouve pas sa voix désagréable. En fait, elle est si grave que je la trouve reposante. Je fais comme quand je cours, je ferme les yeux. Je suis ailleurs. Le mouvement est comme une berceuse pour mes idées. Elles se sont endormies et moi je danse. Enfermée dans une cellule. Nous dansons. Il s'arrête. J'ouvre les yeux. Il y a quelque chose dans les siens. Quelque chose qui ne m'appartient pas. Un souvenir ? Je n'ose pas demander. Un début de colère. Il est loin. Loin d'ici. Loin de moi. Je ne sais pas quoi faire. Je ne bouge pas. Je lui laisse la place. Je ne retire pas ma main de la sienne. Je ne retire pas mon bras de son épaule. Je me laisse oublier. Il revient. Me regarde.

— C'est assez pour aujourd'hui.

Je n'ajoute rien. Je lui dirai merci une autre fois. Je ne sais pas où il en est. Je crois qu'il a besoin d'être seul. Je peux lui offrir ça. La solitude. Il retourne vers son matelas. S'assoit, le dos au mur. Ferme les yeux. Se crispe le muscle du souci. Il serre les dents. Cela fait des creux dans ses joues. Son index et son majeur roulent la petite boule d'invisible. Je prends quelques gorgées d'eau et je vais me coucher. Je danse dans ma tête encore un moment, puis je m'endors.

Julien est réveillé. Il ne se lève pas. Il reste couché sur le dos, les yeux dans le vide du plafond. Je ne demande rien. Je n'ose pas courir. Je n'ose pas dessiner. Je n'ose pas le déranger. Je ne sais pas quoi dire. Je ne sais pas quoi faire. Je ne dis rien. Je ne fais rien.

J'émerge. Je rêvais de soleil. La sensation du soleil contre ma peau. La chaleur. L'intensité des couleurs sous le soleil de midi. Et le vent. Le vent dans mes cheveux. La caresse du vent d'été sur ma peau. Je ne veux pas ouvrir les yeux. Je veux rester au soleil. Dans le vent. Le vert. Voir du vert. Des arbres. Le bleu du ciel. Avant, dans ma vie d'avant, je n'en avais rien à foutre de la nature. On me proposait des sorties en forêt, je disais non. Trop de moustiques. On me proposait de dormir sous une tente, je demandais si c'était climatisé. Je disais non merci. La plage, trop de soleil. Trop de sable. Rien à faire. Maintenant, maintenant. Il n'y a plus de choix. Que du gris. Je résiste un instant, je garde l'image d'une journée d'été inventée, puis j'ouvre les yeux. J'ouvre les yeux. Non. J'ouvre les yeux. Je ne vois rien. Noir. Complet. Julien. Je crie. JULIEN! J'entends remuer. J'essaie de me calmer. Respire. Julien?

— Julien, réveille-toi.

Il marmonne. Je ne le vois pas, j'entends sa respiration s'arrêter. Puis accélérer.

— Emma?

— Aveugle. Je ne vois rien. Toi?

— Non.

Silence.

— Je crois qu'ils ont simplement éteint la lumière.

— Possible. Je ne vois pas la différence.

— Il n'y a pas vraiment de différence.

La noirceur s'installe dans ma tête. Acceptation. Pas de panique. La surdité était temporaire. La noirceur le sera aussi. Il le faut. Respirer. Julien fait de même. Je l'entends contrôler sa respiration. Sa rage. Son impuissance. Il y a un cillement dans son expiration. Beaucoup de retenue. Sa voix est plus grave que d'habitude. Plus contrôlée.

— Ça va ?

— Ça va aller.

Si j'avais été seule, j'aurais paniqué. Je ne veux pas paniquer. Je ne veux pas. Je peux me contrôler.

— Qu'est-ce qu'Ils font, Julien ?

Je l'entends prendre une grande respiration. Contrôle.

— Des rats de laboratoire. Ils testent. Je ne sais pas quoi. Peut-être dans l'eau. Peut-être nos réactions. C'est la seule chose que je peux voir.

Je n'y avais pas pensé. En fait, je ne l'avais pas formulé, mais je le savais. Quelque part, dans cette partie de mon cerveau dont j'ai barricadé l'accès. Dans le même coin où j'ai enfoui ma peur. Singulier. Il n'y a plus de peurs. Elles ne sont plus distinctes. C'est une seule peur qui regroupe tout. Emballée dans un linceul.

— Des rats qui courent en rond.

J'entends son demi-sourire.

Je me lève pour aller chercher de l'eau. Je pose les pieds sur le béton avec assurance.

Même dans le noir, je connais la pièce par cœur. Je crois que j'entends le bruit avant de ressentir la douleur. Puis vient la douleur. Je crie. J'entends Julien réagir. Il ne faut pas qu'il se lève. Je hurle :

— Ne bouge pas !

Il s'immobilise. Il arrête même de respirer.

— Emma ?

Sa voix me fait peur. Ce qu'il y a dans sa voix me fait peur.

— Je ne sais pas, par terre, il y a quelque chose, du verre cassé peut-être. Partout. Je crois. J'ai mis les pieds dessus.

— Tu es blessée?

— Je suis coupée, oui. Je sens le sang couler. Merde!

— Il reste des morceaux dans les plaies?

— J'essaie de… oui. Merde! C'est trop coupant. De tous les côtés. Je viens de me couper les doigts.

Je mets mes doigts dans ma bouche. Le goût du sang. Je passe ma langue sur les coupures. Elles ne sont pas grandes, mais elles sont profondes. Ce sont des coupures nettes, pas des déchirures. J'entends Julien remuer. J'ai du sang plein la bouche. Je crache.

— Julien, ne touche pas le sol. Même pas avec tes doigts. C'est trop coupant.

— Je sais. J'utilise mon t-shirt. Il y en a partout. Je viens, ne bouge pas.

Le bruit est étrange. Le mouvement. Ce n'est pas le bruit du verre en morceaux. C'est un bruit que je ne reconnais pas. Que je ne connais pas. J'entends Julien marmonner. De la colère. Il y a tellement de colère. C'est une émotion qui ne me vient pas. Pas à moi. La colère. La conviction que ce qui nous arrive est injuste. Immérité. De là peut venir la colère. Pourquoi je ne suis pas en colère? Je me sens nauséeuse. Je crois que j'ai besoin d'eau.

— Julien, les pichets, je, j'ai besoin d'eau.

J'enlève mon chandail. S'il ne faisait pas noir, je serais gênée. C'est bête. La voix de Julien:

— Écoute, bouge avec ton matelas. Mets-toi à quatre pattes, ramène tes genoux vers tes mains, et pousse tes mains vers l'avant. Le matelas est assez mince, il suit le mouvement. Comme une chenille. Imagine une chenille. Va vers les pichets.

Je comprends ce qu'il veut dire. Je remets mon chandail. Je me mets à quatre pattes. Les pichets sont près du mur face à celui où j'ai gravé mes petits chemins, près du mur où il y a la porte. Mon matelas est contre le mur du fond, face à la porte, proche du mur opposé. Celui de Julien est aussi contre le mur du fond, mais plus proche des pichets. Je fais la chenille. Je sens le sang. J'ai mal. Je ne peux m'empêcher de rigoler. C'est peut-être nerveux. Mais je ne crois pas. J'entends Julien qui fait la chenille devant moi.

— Tu vois quelque chose que je ne vois pas?

— L'image dans ma tête.

Je souffle. L'effort. Dans le noir, le bruit de ce que nous déplaçons prend toute la place.

— Tu y arrives?

Je sens de la résistance, le mur. J'amorce un virage.

— Je fais le coin.

Le bruit que fait Julien s'arrête. Il est arrivé aux pichets.

Puis mon matelas bute contre le sien. Je sens la main de Julien sur mon bras.

— Ça va?

— Tu as l'eau?

— Ne bouge pas, je vais placer le pichet dans ta main.

Je sens sa main sur mon poignet, puis le pichet frais contre mes doigts. Je le porte à mes lèvres.

— Assieds-toi, laisse tes jambes allongées devant, vers moi, je vais essayer d'enlever ces sales trucs.

— Pas à main nue.

— Non, je vais utiliser mon t-shirt. Il est déjà en lambeaux. Prête?

Comme si j'avais le choix. Donner le choix ne semble pas lui venir naturellement.

— Oui.

Je sens ses mains sur mes jambes. Il s'installe sur mes jambes. Il est lourd, mais je sais qu'il ne met pas tout son poids. Il pose une main sur ma cheville droite. Il a les doigts longs, ils encerclent ma cheville. Je sens le tissu frôler la plante de mon pied. Doucement. S'arrêter sur un morceau, tirer. Ce n'est pas la douleur qui m'envahit. C'est une sensation de dégoût. Un corps étranger qui gratte à l'intérieur. Mon intérieur. Julien réussit à le retirer. Je le sens. Même sensation de dégoût. Multiplié. J'entends le morceau tomber parmi les autres quand Julien le balance au loin. Et de un. Je sens la chaleur du sang qui coule contre mon talon. Le tissu fouiller la plante de mon pied. Un autre morceau. Grattement. Frottement. Nausée. J'essaie de respirer. Respirer. Penser à autre chose. Je n'y arrive pas.

— Julien. Parle-moi, change-moi les idées, sinon je vais vomir.

Le mouvement s'arrête une fraction de seconde, puis reprend.

— Je n'aime pas les saucisses. Je les déteste. Au porc, au bœuf, saucisse hotdog, poulet, agneau, tofu. Je les déteste. Ce n'est pas une question de goût, c'est une question de texture. Ou d'image. Quand j'étais petit, ma mère m'a dit qu'autrefois elles étaient faites avec des boyaux d'animaux. Et depuis, c'est tout ce que je vois. Des intestins dans mon assiette. Alors non. Pas de saucisses pour moi. Jamais. Même pas en morceaux, même pas. Et même pas dans le noir. Je ne peux pas. Je déteste les saucisses. Et ne viens pas me psychanalyser, je ne suis pas homophobe.

Il est tellement convaincu que je laisse échapper un petit rire. Julien ne mange pas de saucisses. N'est pas homophobe. Noté.

— Végétarien?

— Oh non, pas du tout. Moi homme, moi aime viande. Mais pas d'intestins. Et j'ai un faible pour les fromages.

J'entends un deuxième morceau rejoindre la multitude quelque part sur le plancher. Je prends une grande respiration.

— Et cette vague de cupcakes. Tu sais? Ces petits gâteaux me rendent dingue. Je préfère ceux au chocolat. Je préfère tout au chocolat, en fait. Une vraie fillette. Et je n'aime pas la couleur jaune. Ni sur les murs, ni sur les vêtements, et pas particulièrement dans mon assiette. Ma secrétaire me dit que c'est un blocage de gars. J'argumente toujours en lui rappelant mon amour pour le chocolat. Et que le rose m'indiffère.

Il retire un autre morceau, cela déclenche en moi un spasme nerveux. Il retient ma jambe avec la main sur ma cheville. Fort. Ma jambe reste immobile.

— Ça va toujours?

— Oui.

— C'est mieux de tout enlever maintenant, sinon le sang va coaguler autour et ce sera pire.

— Oui.

Je n'arrive pas à dire autre chose. Je me concentre sur Julien et ses cupcakes au chocolat sans jaune dessus. Le bruit d'un autre morceau sur le plancher. Le tissu balaie tout mon pied, puis les doigts de Julien contre ma peau.

— Il ne reste rien de ce côté.

Je l'entends déchirer une autre partie de son t-shirt. Il en enveloppe mon pied. Il serre le bandage. Il tâte avec ses deux mains. Pour voir. Puis sa poigne d'acier encercle mon autre cheville. Il y a un silence. Puis un soupir.

— J'étais à mon bureau. Passé minuit. Il m'arrive souvent de travailler tard. Ils m'ont pris dans le stationnement sous-terrain, alors que je me rendais à ma voiture. Comme dans les films.

Je me souviens de ma scène de film aussi pendant qu'il retire un autre morceau. Un gros. Mes dents grincent.

— Ils sont venus par-derrière et m'ont mis une gaze sur la bouche. Ils étaient trois. Enfin, j'en ai vu trois avant de perdre conscience. Je me suis réveillé dans une pièce identique à celle-ci.

Il tire sur un morceau qui ne veut pas céder. Je couine à peine, absorbée par son récit. Il continue :

— Je pensais qu'ils m'avaient kidnappé pour de l'argent. J'ai d'abord attendu. J'ai attendu longtemps. Puis c'est devenu trop long, improbable pour une rançon. Je me suis énervé. Je n'en pouvais plus d'attendre. Ça me rendait fou. Attendre et ne pas savoir ce qui venait. Je me suis mis à gueuler. J'étais plus qu'en colère, c'était de la rage. J'ai essayé de défoncer la porte. Ça n'a servi qu'à me démettre l'épaule. Rien ne bougeait. J'ai arrêté de boire pour rester éveillé et les affronter, mais ils ne sont pas venus tant que je ne dormais pas. C'est là que j'ai réalisé qu'ils m'observaient. J'ai cherché comment, avec quoi. Il n'y avait que le globe. J'ai cassé le globe avec le matelas. Je pensais que la lumière se briserait et que j'aurais l'avantage de l'obscurité quand ils viendraient. Mais la lumière est encastrée dans le plafond, derrière la caméra. Le globe ne sert qu'à cacher leur joujou. Alors, je me suis coupé avec les tessons de verre pour les faire réagir. Ils sont venus. Trois. Je voulais me battre, résister, mais ils sont arrivés avec des armes, l'un d'eux m'a tiré dessus. Tout simplement. Un dard, avec un somnifère puissant. Pas de confrontation. Ils n'ont eu qu'à mettre un pied dans la chambre et j'étais fait. Je me suis réveillé sur un mince matelas de mousse, soigné, lavé, de retour à la case départ.

Un autre morceau atterrit quelque part à ma gauche.

— Je ne me suis pas laissé abattre pour autant. J'ai vidé l'eau et j'ai balancé le pichet dans le nouveau globe. Il a éclaté. Puis je me suis acharné sur le dispositif de caméra à l'intérieur. J'ai réussi à démolir le truc avant qu'ils ne débarquent avec leur dard de somnifère. Je suis reparti pour une virée au pays des merveilles. À mon réveil, j'étais avec toi. Et voilà. Je crois que c'est tout.

Je sens ses doigts vérifier. Puis le bandage.

— Ça va ? De l'eau ?

— Oui. C'était quand ?

Il me met le pichet entre les mains.

— Quand quoi ?

— Le soir où Ils t'ont pris. La date.

— Oh, vendredi soir, 14 juin.

Je ferme les yeux. Même si cela ne fait aucune diffé-rence. Presque deux mois après moi.

— Presque deux mois après moi.

Notre première indication de temps. Je bois quelques gorgées. J'ai les idées embrouillées.

— Allonge-toi et essaye de dormir.

Je le sens quitter mon matelas pour le sien. Je marmonne un merci, je me demande s'Ils vont le remettre dans l'autre pièce quand le globe et la caméra seront réparés. Je ne veux plus, je veux le garder maintenant, je veux lui dire, mais je dors déjà.

Je crois que j'ouvre les yeux. Il n'y a toujours pas de différence. La douleur est loin. Tant que je ne bouge pas. Tant que je ne marche pas. À moins de faire les cent pas sur mon matelas, ce n'est pas un problème. Julien ne dort pas. Il respire plus profondément dans son sommeil.

— Julien?

— Hum?

— L'eau, elle est où?

— À ma gauche, attends.

Je sens ses mains tâtonner autour de mes jambes, dessiner mon emplacement dans le noir. Il pose un genou sur mon matelas et cherche mon bras, ma main. Il y place le pichet d'eau.

— Comment tu te sens?

Il est resté sur mon matelas, sa voix est tout proche.

— Ça va, tant que je ne marche pas, j'imagine.

Je lui passe le pichet. Il retourne sur son matelas.

— J'ai l'impression d'une phase deux. Finie, l'observation passive…

Sa voix est calme, posée. Mais il y a trop de retenue. Je me demande ce que ça donne quand ce qui retient le tout cède. Quand il ne se retient pas.

— Ils observent quoi, au juste? Ils testent quoi? Et pourquoi nous? Pourquoi toi et moi? Et pour combien de temps? Et ça va finir comment?

Ma voix s'est cassée sur la dernière question. Le silence a le temps de prendre du poids avant que Julien ne le brise.

— S'ils prennent des humains, c'est pour observer leur comportement. Si tu me demandes quel est le but de l'expérience, je l'ignore. Mais ils ont des ressources. Ils sont foutrement bien équipés. Et bien organisés.

Je réfléchis sur ce qu'il vient de dire. J'ai des images d'expériences militaires qui me viennent. Comme dans les films. Je me demande si je regarde trop de films pour qu'ils soient ma seule référence quand la réalité me dépasse. J'ai une petite pensée pour les gens qui croient en Dieu. Avoir une instance qui impose de croire sans comprendre, un acte de foi, me semble étrangement reposant. Peut-être. Je m'interrogerai sur la réalité d'un Dieu quand je comprendrai pourquoi il a permis l'hommerie.

— J'essaie de ne pas penser que cela finit toujours mal, ce genre d'expérience, pour les rats. Je… à la fin, s'il y a une fin, Ils ne vont pas nous ouvrir la porte avec un « Merci pour votre participation ».

J'entends le matelas de Julien faire la chenille, il s'arrête à ma droite. Quand il parle, il est à la même hauteur que moi. Il s'approche de mon oreille. Il chuchote.

— Je ne vais pas les laisser faire. Je ne vais pas mourir ici. Je ne vais pas te laisser mourir ici non plus. Je vais nous sortir de cette cage à rats, je te le promets.

Il me serre l'épaule, comme pour sceller sa promesse. Il s'éloigne de mon oreille. Je sais qu'il est couché sur le dos, un bras sous la tête, comme quand il dort. Je sais qu'il n'a aucun moyen de tenir sa promesse, je sais qu'il dit ça pour me rassurer, mais ça fonctionne. Je le crois. Je suis rassurée. Un peu.

— Dis, Julien, je fais comment pour aller au drain ?

Je ne réfléchis même plus, je lui pose la question. Il a pris le contrôle, celui que je n'ai jamais voulu. Celui que je n'avouerais jamais ne pas vouloir. J'entends son demi-sourire. Je ne l'imagine pas. Je le sais. Je l'entends.

— J'ai vidé l'un des pichets dans l'autre. Nous avons un pot de chambre maintenant.

Et voilà.

Une autre journée dans le noir. J'attends qu'il se réveille. Il est à côté de moi maintenant, sur son matelas. Je sens son odeur. L'odeur de son sommeil. Ce n'est pas la même quand il est éveillé. Sa chaleur. Il a une température corporelle plus élevée que la mienne. Et il respire plus vite que moi. Il inspire et expire dans le temps d'une seule de mes inspirations. Sa respiration se modifie. Quand il ouvre les yeux, il fait un mouvement avec sa mâchoire qui la fait craquer. Il est réveillé. Il va me demander si je suis là.

— Tu es là?

Même dans l'impossible, même dans l'insoutenable, il y a des points de repère, de la routine.

— Je me demandais, qu'est-ce que ça donne une expérience d'observation quand tu ne peux voir les sujets? Pourquoi Ils nous maintiennent dans l'obscurité totale?

Je l'entends bouger. Il se rapproche, pose une main sur mon épaule. Il n'a même pas besoin d'y aller à tâtons, il sait où je suis. Il approche sa bouche de mon oreille. Il murmure. Il ne veut pas qu'Ils nous entendent.

— Je pense qu'ils peuvent nous voir, à l'infrarouge ou un truc du genre. Je vais essayer quelque chose, cette nuit. Je ne vais pas boire d'eau aujourd'hui, tu sais qu'ils mettent quelque chose dans l'eau pour nous faire dormir. Je vais faire semblant de dormir. Je vais les observer à mon tour, quand ils viennent pendant notre sommeil. Peut-être pourrai-je en tirer quelque chose.

Je tourne la tête vers lui, il sent mon mouvement, il bouge aussi pour me présenter son oreille. Je chuchote.

— Tu vas devoir travailler ta respiration.

— Qu'est-ce que tu veux dire ?

— Quand tu dors, le rythme de ta respiration ralentit. Je peux compter jusqu'à onze secondes pour chaque inspiration, jusqu'à neuf secondes pour chaque expiration. Et tu respires du ventre. Pas quand tu es réveillé.

Je sens la surprise dans son silence, avant qu'il parle.

— Eh bien ! Tu as l'ouïe qui compense.

Il y a un sourire dans chacun de ses mots. Il baisse la voix :

— Je vais m'entraîner. Compter. Comment je fais pour respirer du ventre ?

— Plutôt que juste remplir tes poumons, tu remplis aussi ton ventre. Ton ventre en premier. Fais le gros ventre, tu vas reconnaître les muscles, la place que l'air peut y prendre.

Je l'entends inspirer profondément. Retenir son souffle. Ralentir sa respiration. Je sais qu'il compte. Je ne peux m'empêcher de compter aussi.

— Comment je sais si je respire du ventre ?

Il n'y a pas d'arrogance dans sa voix. Je tâte un peu. Il est couché sur le dos, je place ma main sur son ventre. Il inspire. Son ventre ne se soulève pas assez. Je place l'autre main sur son torse. Je ne dis rien, j'attends qu'il inspire et je pèse en haut pour lui faire comprendre que le ventre doit se gonfler avant les poumons. Il s'y prend à quelques reprises, puis y arrive. Il compte. Il atteint son rythme. C'est assez convaincant.

— Ça va comme ça ?

— Oui.

Je l'entends lever son bras et le glisser sous sa tête. Satisfait.

Je veux retirer les bandes de tissu autour de mes pieds. Je ne sens plus de douleur. Je cherche le début du bandage.

— Attends, je vais le faire.

Ce n'est pas parce qu'il fait noir qu'il ne voit rien. Julien passe sur mon matelas. Je l'imagine se déplacer comme un chat. Le dos rond. Accroupi. Il ne tâtonne même plus. J'ai peut-être des super-oreilles quand la vue me fait défaut, mais lui, il a un instinct de félin. Il pose ses mains sur les miennes. Je les retire. Il trouve le nœud. Il défait le bandage doucement. Le sang séché se décolle de ma peau avec un bruit que je n'aime pas. Il touche mes plaies du bout des doigts. Je retire la jambe vivement.

— Je t'ai fait mal?

— Tu m'as chatouillée!

— Chatouilleuse, hein? Je veux juste voir, enfin, toucher, si tout est bien cicatrisé.

Je remets mon pied dans ses mains. Je me mords les lèvres. J'ai envie de rire avant même qu'il pose ses doigts sur mon talon. Il fait très attention, mais je ne peux m'empêcher de retirer ma jambe.

— Je ne fais pas exprès!

Il soupire.

— Remets ta jambe, je vais la tenir.

Sa prise autour de ma cheville. Et voilà, je ne bougerai plus. Il termine son examen.

— Ça semble correct.

Il change de jambe, immobilise ma cheville. Je voudrais hurler de rire. Je me retiens. Le contraste entre la prise sur ma cheville et la délicatesse de ses doigts sur la plante de mon pied m'étonne.

— Voilà. Pas d'infection.

— Pourquoi crois-tu qu'Ils ne sont pas venus pour mes pieds comme Ils étaient venus pour tes bras?

— Je ne sais pas. Peut-être parce que j'ai agi comme il le fallait. Ils ne pouvaient rien faire de plus.

— Peut-être que…

— Non.

C'est un non catégorique. Il ne laisse aucune marge de négociation. Et il ne sait même pas ce que j'allais dire. Il ne me laisse pas le temps de discuter.

— N'y pense pas, tu ne vas pas te couper pour voir s'ils viennent.

Il y a pensé lui aussi. Ce n'est donc pas complètement fou comme idée. Il garde le silence un moment, puis ajoute :

— Ça ne donnerait rien. Tu disparaîtrais un moment, puis tu serais de retour avec quelques points de suture en plus.

— Mais si je me blesse assez pour nécessiter une hospitalisation? Ils n'auraient pas le choix et devraient me sortir d'ici.

— Ça, c'est seulement si leur logique est de te garder en vie. Ce n'est peut-être pas le cas.

Ce n'est pas agréable à entendre. Je ne veux pas trop m'y attarder. Ils semblent vouloir nous tenir en vie, Ils prennent soin de nous, d'une certaine façon. Mais jusqu'où? Jusqu'à quand? Qu'est-ce qui pourrait faire changer les choses? Faire pencher la balance de l'autre côté? Est-ce que j'ai vraiment envie de le découvrir? J'ai besoin de changer de sujet. Vite.

— Tu es papa?

— Non.

— Tu as une autorité paternelle.

Je l'entends sourire.

— Je n'ai pas d'enfant, j'ai une petite sœur dont je me suis beaucoup occupé. Ma mère travaillait tout le temps. Tu as de la famille ?

— Enfant unique. Mes parents m'ont eue tard dans leur vie. Ils sont à la retraite maintenant.

— Ils doivent être fous d'inquiétude.

— Pas maintenant, pas tout de suite. Pas avant Noël. Je ne les vois pas souvent. Ils habitent loin. Personne ne sait que j'ai disparu de la circulation.

Julien ne répond pas. Je ne sais pas quoi dire. Son silence me pèse. Je cherche, je ne trouve rien à ajouter. J'entends sa main passer dans ses cheveux.

— Le soir où ils m'ont pris, je devais partir le lendemain pour un congé sabbatique. Pas de contact avec le boulot pendant six mois. Ça faisait longtemps que je le préparais. Personne ne me cherche. Personne ne doit me contacter. Pas avant six mois. Ma mère est morte. Ma petite sœur, eh bien, ma petite sœur ne va pas insister si elle ne me trouve pas. Il n'y a personne qui sait que j'ai disparu de la circulation.

Il y a un long silence. Puis sa voix, presque inaudible.

— Ils nous ont choisis.

Ils nous ont choisis. C'est la première pensée claire qui me vient lorsque j'émerge de mon sommeil. Ils. Nous. Ont. Choisis. Je n'ouvre plus les yeux en me réveillant. Je n'ouvre pas les yeux. Je me demande combien de temps le corps prend avant de s'adapter à une nouvelle réalité. Ils nous ont choisis. J'écoute Julien respirer dans son sommeil. Immobile. J'attends durant les quelques minutes qui séparent son réveil du mien. Je note l'humidité de mes cheveux. Je suis passée au toilettage cette nuit. Boule de dégoût dans mon ventre. Je n'y peux rien. Ils nous ont choisis. Je me torture : est-ce que ce sont les hommes en noir qui me lavent ? Qui me rase ? Est-ce qu'Ils font des commentaires grivois ? Des remarques sur l'état de mon corps ? Sur ce qu'Ils pourraient faire pendant que je suis inconsciente ? Sur ce qu'Ils font peut-être ? Je ne peux pas m'aventurer dans ces possibilités. Je m'accroche à n'importe quoi. Une forme de professionnalisme. Peut-être que ce sont des femmes qui font ma toilette. Ce serait moins indécent. C'est idiot, vu la situation, mais mon esprit s'accroche à ces détails. S'ancre. Sinon, c'est la dérive. Je ne peux pas dériver. Même pas un tout petit écart. Je ne reviendrais pas. Je le sais. Ils nous ont choisis. Ils m'ont choisie. Parce que je suis assez insignifiante pour disparaître sans laisser de trace. Moi. Mais Julien ? Comment ? Julien tarde à se réveiller. S'il a réussi à ne pas dormir, il les a vus m'emmener. Il est là. Rien n'a changé. Il n'a rien fait. Il n'a rien pu faire. Juste regarder. Mais il a dormi. Il dort. Son souffle devient plus superficiel. J'ai envie de le secouer. Je veux savoir. Je ne bouge pas. J'attends. Ils m'ont choisie. Moi. Parce que je pouvais disparaître. Lui aussi. Je devrais pleurer. Je devrais hurler. Je devrais. Mais non. C'est une information objective. Comme savoir qu'il va pleuvoir demain. Je ne peux rien y changer. Comme le fait de vouloir bouger. Courir. Je n'en peux plus de la limite de mon matelas. Je ne peux rien faire. Que du surplace. Je m'étire. Je m'assois. Je me recouche. Je n'ai rien d'autre à faire. Ce n'est pas assez. Je veux me lever. Courir. C'est un désir vide. Vide. Impossible. Il ne reste que mes pensées. Surtout celles que j'essaie d'éviter. Julien se réveille. Tu es là?

— Tu es là?

Il chuchote. Je m'approche, je sais qu'il ne veut pas qu'Ils nous entendent. Je mets mon oreille près de sa bouche. Son souffle réchauffe mon oreille.

— J'ai réussi à tenir. Je n'ai jamais combattu le sommeil aussi fort. Ils sont venus. Trois. Ils n'ont pas allumé de lumière. Je n'ai vu qu'une faible lueur dans le corridor. Elle ne traversait pas l'obscurité de cette pièce. Ils t'ont emmenée. Je ne pouvais pas voir comment. Ils n'ont rien dit. Ils ont tout fait dans un silence parfait. Seul le bruit de leurs bottes sur les tessons emplissait la pièce. Puis la lueur du corridor a disparu. Je n'ai pas bougé. J'ai continué à respirer. Si tu savais ce que ça m'a pris pour ne pas leur sauter dessus… J'ai attendu que la porte s'ouvre à nouveau, mais je n'ai pas pu. Leur drogue est dans mon système depuis trop longtemps. Je me suis endormi. C'était plus fort que moi. Tu es là…

Il y a quelque chose de très doux dans ces trois derniers mots. Je ne sais pas quoi faire de toute cette information. Je laisse tomber ma tête sur sa poitrine. Sa peau. J'avais oublié qu'il n'avait plus de t-shirt. Je me concentre sur ma respiration. Sur sa respiration. Il passe sa main dans mes cheveux. Ils nous ont choisis. Les salauds. Julien suit, par-dessus mon chandail, le chemin de mes tatouages qui commencent à la base de mon cou et s'étendent jusqu'à mon bras gauche. Ils sont noirs et paraissent sous le coton blanc. Il les a remarqués. Avant la noirceur.

— Dis-moi, pourquoi des losanges?

Mes tatouages. Des petits et des gros losanges. Noirs.

— Je voulais un tatouage. Un dragon. Sur l'omoplate. J'avais quinze ans. Mon père ne voulait pas en entendre parler. Il m'a dit que si je me faisais tatouer, il ne me laisserait plus rentrer dans la maison.

— Sévère, le paternel.

— Oui. Très autoritaire. Ça ne me dérangeait pas, habituellement. Mais je voulais vraiment un tatouage. Je lui ai dit que si à mes dix-huit ans, j'en voulais toujours un, il ne pourrait pas m'en empêcher. Le jour de ma majorité, j'y suis allée. En trois ans, les dragons avaient envahi les omoplates de trop de filles pour que j'en aie encore envie. Je ne savais pas quoi choisir, j'ai opté pour un losange à la base du cou. C'était discret. Je pouvais le cacher sous mes cheveux.

— Ton père, il a réagi comment?

— Il ne m'a pas adressé la parole pendant un mois, mais j'ai continué à habiter sous son toit. C'était la première fois que je lui tenais tête.

— Et les autres?

— Les autres?

— Les autres tatouages.

— Oh. Ils sont venus après, un à chaque anniversaire.

— Il y en a des plus gros que d'autres, non?

— Oui, mais c'est esthétique. Ça ne veut rien dire.

— Et ton père ? Il t'a refait le coup du silence chaque année ?

— Non, il les ignore maintenant. C'est plus simple.

C'est une philosophie familiale. Ignorer le problème. Ils savent que je bois trop. Que je buvais trop. Mais ils faisaient comme si ce n'était pas le cas. Ils ne me parlaient jamais de mon boulot ridicule. Comme si je n'y gaspillais pas mon potentiel. Si on n'en parle pas, est-ce que cela existe vraiment ?

— Moi, je les aime bien, ces petits losanges contesta- taires.

Je souris. Monsieur le directeur d'entreprise. Entre- prise de quoi ?

— Julien, c'est quoi ton boulot ?

— Oh. J'ai une firme indépendante spécialisée dans la gestion globale de portefeuilles de placements. Notre approche à long terme de gestion d'actifs favorise la stabilité et l'atteinte des objectifs financiers de nos clients. Mot pour mot, c'est notre mission d'entreprise. Officiellement, nous sommes des gestionnaires de portefeuilles. Officieusement, nous sommes des spéculateurs financiers.

J'entends son cœur accélérer. Je sens la tension dans sa voix. Il n'aime pas son boulot. Je n'aime pas mon bou- lot, mais il ne me met pas dans un état pareil. C'est la seule raison pour laquelle je le gardais, ce boulot, il ne me mettait dans aucun état.

— Pourquoi ?

— Pourquoi quoi ?

— Pourquoi tu fais ce boulot ?

J'entends son front se contracter. Sa mâchoire se serrer. Sa main ne bouge plus. Je ne devrais peut-être pas insister.

— En fait, je ne me suis jamais posé la question. Je fais ce boulot parce que c'est très lucratif et que j'y excelle. Quand mon père est décédé, j'avais huit ans. Il est mort dans un accident de voiture. Il avait une très bonne assurance-vie qui a triplé pour cause de mort accidentelle. Il avait laissé des consignes pour que la moitié aille à ma mère et l'autre moitié à ma sœur et moi, pour nos vingt et un ans. Ma mère a quand même dû trouver un boulot. Elle n'avait pas de qualification. Elle travaillait comme préposée aux bénéficiaires dans un centre pour personnes âgées. Elle avait des horaires de fou et une paye de misère. J'avais l'exemple parfait de ce que je ne voulais pas devenir dans la vie. Quand j'ai eu accès à l'argent de mon père, je l'ai investi en bourse. J'ai appris à faire faire de l'argent à mon argent. Ça m'est venu assez facilement. J'étais doué pour ça. Plus tard, j'ai trouvé deux gars qui faisaient la même chose. On a monté une entreprise et on a commencé à conseiller les gens en placement. Je suis toujours allé là où il y avait de l'argent à faire. Voilà pourquoi je fais ce boulot.

— Tu ne sembles pas aimer ça.

Il réfléchit.

— Je ne crois pas que ça soit nécessaire.

Il s'arrête un moment. Un long moment.

— C'est ce qui m'a décidé à prendre une période sabbatique. Je commençais à me demander combien de temps je pourrais continuer à faire un boulot qui prenait toute ma vie et que je n'aimais pas. Enfin. Pas vraiment. Je ne sais pas si la question reste pertinente maintenant.

Silence.

Je rêve de la pluie sur mon visage. Je ne me souviens pas d'avoir jamais été coincée sous la pluie. Mais j'en rêve. La pluie et le soleil. En même temps. La lumière blanche et les gouttes sur mes joues. Je ne veux pas me réveiller. Je n'ouvre pas les yeux. Mais le noir est plus clair. J'ouvre les yeux et les referme aussitôt. La lumière me blesse. Je me cache derrière mes mains. La lumière. Revenue. Je m'assois. Je retire mes mains. Doucement. J'attends. J'ouvre les yeux, je garde mes paupières à moitié baissées. J'attends. Je peux lever le regard en plissant les yeux. Il n'y a plus rien sur le plancher. La pièce est comme elle est toujours. Vide. Grise. Julien. Il est à mes côtés. Nos matelas sont côte à côte. Une petite île au milieu du vide. Je le regarde dormir. Je me demande s'il rêve de pluie. De paysages colorés. D'extérieur. Peut-être qu'il rêve de quelqu'un. Quelqu'une. Qui ne le cherche pas. Non. Peut-être qu'il ne rêve pas. Il commence à se réveiller. Il n'ouvre pas les yeux. Je ne dis rien. Surprise.

— Tu es…

Il ouvre les yeux. Les referme. Fort. Il fait la grimace.

— Ohhh! Lumière!

— Oui. Elle est revenue.

Je souris. Dans sa grimace, je vois le gamin qu'il a été.

— À quoi ça peut bien rimer?

— Le retour de la lumière?

Il garde les yeux entrouverts.

— Oui, ils nous enlèvent quelque chose pour un temps, puis nous le remettent. Je ne comprends pas. Il y a des raisons que nous ne voyons pas? Est-ce que nous devons comprendre quelque chose? Arriver à un raisonnement, un comportement? Du behaviorisme? Est-ce une punition? Pourquoi? Est-ce juste pour nous faire perdre la raison? Qu'est-ce que c'est? QU'EST-CE QUE VOUS NOUS VOULEZ?

Il a hurlé ces mots vers le globe. Venin. Il en tremble. Je suis secouée par la rapidité avec laquelle il passe de dormir à hurler avec cette intensité vers notre soleil revenu. Je ne sais même pas si je pourrais atteindre cette fureur en m'y efforçant pendant des semaines. Il tourne les yeux vers moi. J'imagine que mon expression est éloquente. Il paraît confus.

— Je ne sais plus quoi faire.

J'ai l'impression que ce sont là des mots que cet homme ne prononce pas souvent.

— Nous pourrions faire les bons petits rats et courir un peu? J'en ai vraiment envie.

Il me fait un demi-sourire contrit et pointe un doigt vers mes pieds. Je lui montre la plante de mon pied droit, il avance la main pour effleurer les petites cicatrices roses, mais suspend son geste. Un sourire, un vrai.

— Pas de chatouille, promis. L'autre.

J'obéis. Il hoche la tête.

— Allons-y!

Je pose les pieds sur le béton. Je fais bouger mes orteils. Je me lève. Tout va bien. Mon corps exulte. Bouger! Enfin! Julien commence une série d'étirements. Oups. Étirements. Nécessaire. J'entends mes muscles protester. Courir. Je veux courir! Je me mets à sautiller sur place. Julien lève un sourcil.

— Oh, l'impatiente!

Et nous courons. C'est grandiose. C'est bon. Courir.
Qui aurait cru.

Odeur de désinfectant. Je sens mes cheveux humides avant même d'ouvrir les yeux. Puis je sens quelque chose d'autre. Du sang. J'ouvre les yeux. Je suis sur mon matelas. J'inspire. Impossible de me tromper. Du sang. Julien. Je me redresse. Quelque chose dans mon ventre proteste contre le mouvement. Une plainte s'échappe de mes lèvres fermées. Le sang. Il est sur moi, sous ma jupe, mes cuisses. Collant. Presque séché. Menstruations? J'essaie de me lever. Je ne peux pas. La douleur. Je reste couchée. Ce n'est pas une douleur menstruelle. C'est trop aigu. Trop précis. Comme un coup d'épée. Mes menstruations me donnent mal au ventre, me donnaient mal au ventre, mais c'était irradiant, cela partait de l'utérus et s'étendait en vagues imprécises dans mon ventre. Là, c'est très différent. J'essaie de voir si je suis blessée, d'où vient le sang, si je saigne encore. J'ai de la difficulté à m'asseoir. Je n'arrive pas à ouvrir les jambes. Recroquevillée. La douleur. Je n'arrive pas à me pencher sur moi-même.

— Emma?

Sa voix me fait sursauter.

— Ça va?

Je n'ai pas le temps de répondre. Il est à mes côtés. Nos matelas sont encore côte à côte. Quand il voit le sang, son visage perd deux tons. Puis il se reprend.

— Tu as tes menstruations?

— Non.

Je grimace. J'ai mal.

— Ce n'est pas ça, je… j'ai… ça fait trop mal. Je n'arrive pas…

C'est le retour de l'unique sourcil. Sa mâchoire est contractée. Il remarque mes cheveux humides. Je vois le chemin que prennent ses pensées. Qu'est-ce qu'Ils ont fait? Qu'est-ce qu'Ils m'ont fait? Pendant qu'Ils me lavaient. Des hommes. Une femme inconsciente. Sa colère gonfle, sa respiration se précipite. Son dos se redresse. Je pose une main sur son avant-bras. Reste avec moi.

— Je ne peux pas… regarder… me plier, ça me fait trop mal.

Mon regard implore. Je ne peux pas envisager la possibilité d'un viol. Je ne peux pas. Pas maintenant. C'est trop. Juste trop. J'ai besoin d'aide.

— Julien, j'ai besoin d'aide. Je ne sais pas d'où vient le sang, je n'arrive pas à voir.

Ma voix est tendue, aiguë. Il ferme les yeux. Je compte jusqu'à cinq. Il réussit à reprendre le contrôle. Il ouvre les yeux.

— OK. Je peux?

Je fais oui. Il se déplace vers mes jambes. S'agenouille. Je me couche sur le dos. J'essaie d'étendre les jambes. Lentement. Je respire. Je sens ses mains sur mes genoux, sur mes cuisses.

— Emma, je vais devoir t'enlever ta jupe.

Il défait le bouton, la fermeture éclair, puis fait glisser ma jupe jusqu'à mes pieds. Je me concentre sur ma respiration. La douleur est tolérable. C'est la peur de ce que cela peut être qui est insoutenable. Il se lève. Revient avec le pichet d'eau. Il nettoie le sang sur mes cuisses. L'eau est froide. Ses mains sont chaudes. J'essaie de me concentrer sur la différence de température. La sensation de l'eau, la chaleur de ses doigts. Je n'y arrive pas. Les yeux fermés, je vois les hommes en noir, je me vois inconsciente, endormie. Je vois le pire des possibles. J'essaie de me dire que ce n'est pas vrai. Ce n'est pas vrai.

— Emma ?

J'ouvre les yeux. Il est au-dessus de moi. Son visage. Je me concentre sur ses yeux. Verts.

— Je ne vois pas de blessures externes.

Il contrôle sa colère. Il est habitué à contrôler sa colère. Mais il n'arrive pas à contrôler l'autre émotion. La peur. Il a peur. Pour moi. C'est étrange.

— Je saigne encore ?

— Non, mais le sang, sur ta petite culotte, il vient de… de l'intérieur.

Il ne détourne pas les yeux. Il reste là. Il attend. Jusqu'où je peux aller avec cette information ? Il me laisse le choix. De faire semblant. Si c'est ce que je veux. Il va le faire. Avec moi. Pour moi. Faire semblant. C'est ma première impulsion. Faire comme si ce n'était pas réel. Ce n'est pas réel. Je n'étais pas là. Juste mon corps. Si je n'y pense pas, ce n'est pas arrivé. Je pourrais. Mais je ne veux pas. Son regard. À lui. Qui ne détourne pas les yeux. Qui me donne le choix.

— Julien, j'ai besoin de savoir. Je veux savoir. La douleur. J'ai l'impression d'une blessure, d'une coupure, à l'intérieur. Mais je… ce n'est pas… je veux toucher, vérifier, mais je ne peux pas, je… ça fait trop mal quand je bouge.

Je ne sais pas comment le dire. Je réalise ce que je demande en le formulant. La partie de mon cerveau qui s'accroche désespérément à la réalité d'avant me crie que cela ne se fait pas. Mais les « avant » et les « ça ne se

fait pas» ne font pas le poids ici. Il ne cille même pas. Il
se lève, prend l'eau du pichet et se rince les mains. Il se
déplace à la hauteur de mon bassin. Il s'agenouille entre
mes jambes, écarte ma cuisse droite en pliant mon genou,
il tient mon pied avec sa main droite. Je ferme les yeux.

— Emma, regarde-moi.

J'ouvre les yeux. Ses yeux restent dans les miens. Il
ne regarde pas ce qu'il fait. Respect. Je le sens déplacer le
tissu de ma culotte. Ses doigts écartent mes petites lèvres.
Je ne peux pas m'en empêcher. Tout mon corps se tend. Je
serre les dents. J'arque le dos. La douleur vient.

— Emma, respire. Si tu te crispes, je ne pourrai rien
faire.

Je le regarde. Je peux le faire. Je peux. Respirer. Je sens
ses doigts, son doigt, je ne sais pas, s'introduire en moi.
Doucement. Ça ne fait pas mal. Je respire. Ça ne fait pas
mal. Je garde mes yeux dans les siens. Ça ne fait pas mal.

— À droite. Ma droite.

Il appuie sur la paroi du côté droit, il va aussi loin que
possible. Je sens le reste de sa main contre moi. Chaleur.
Pas de douleur. Puis la douleur. Une vague. Deux vagues.
Je me contracte malgré moi. La douleur est amplifiée. Il
le sent, il le voit.

— Emma.

Sa voix est si calme. Comment fait-il? Je prends une
grande respiration. Son doigt bouge très lentement.

— Emma, je sens quelque chose. C'est petit. Pointu.
Si je veux le retirer, je vais avoir besoin de mes deux
doigts. Tu peux? Je peux?

Quelque chose? Quelque chose? Comment, quelque
chose? Il attend une réponse.

— Oui.

C'est un gémissement plus qu'une réponse. Je voudrais être forte. Je voudrais être calme. Je voudrais. Il retire son doigt. Il soutient mon regard. Je suis capable. Dans ses yeux, je suis capable. Il insère deux doigts. Je sens la différence. Il s'enfonce en moi, je ne me contracte pas. Je sens la douleur, mais je respire. Puis il touche le quelque chose. Pointe de douleur aiguë. Je grimace. Je ne me contracte pas.

— Si c'est ce qui te fait saigner, j'ai peur de te blesser davantage en le glissant hors de toi.

— Julien, retire-moi ce truc.

Je ferme les yeux. Je serre les poings. Je me concentre pour ne pas contracter autre chose. Je respire. Il insère ses doigts encore plus profondément. Sa main est presque complètement en moi. Puis je sens ses doigts se retirer. Glisser hors de moi. Un liquide chaud qui coule. La douleur a presque disparu. Presque. J'ouvre les yeux. Julien tient quelque chose entre ses doigts. Il replace ma culotte, déplie ma jambe puis se lève. Il vient à ma droite. Il m'aide à m'asseoir. Il ouvre la main et me montre le quelque chose. Un stérilet. Je n'ai jamais eu de stérilet. Je rencontre son regard.

— Je n'ai jamais eu de stérilet.

Je prends le petit T plein de sang. Je n'ai jamais eu de stérilet.

— Je n'ai jamais eu de stérilet. Je n'en ai jamais eu. Jamais. Je n'ai jamais eu de stérilet.

J'essaie de comprendre. Pourquoi. Je répète.

— Je n'ai jamais eu de stérilet.

J'ai l'impression d'attendre qu'il disparaisse. Comme si mes mots pouvaient agir sur cette réalité. Ils. Ils m'ont installé un stérilet.

— Ils m'ont installé un stérilet.

Je fixe toujours l'intrus dans la paume de ma main. La main de Julien sur mon épaule.

— Un stérilet…

Sa main sous mon menton. Il me fait lever la tête. Regarder dans ses yeux.

— Emma, est-ce que c'était la seule cause de la douleur?

Oh, tout ce qu'il ne me demande pas dans cette question. Tout ce que cela implique. Un dispositif de contraception. Je n'ai plus mal. C'était le stérilet, déplacé, qui me blessait.

— Je pense que oui. Je crois que je sentirais autre chose sinon. Je crois.

Et puis ça me vient.

— C'est un stérilet hormonal.

Je souris. Julien ne comprend pas.

— C'est ce qui empêche mes menstruations.

Toute la tension de mon corps se relâche. Je souris. Julien pose une main sur ma joue. Réconfort. Il sourit lui aussi.

Un autre matin. Je l'écoute respirer. Cela me calme. Je me demande s'Ils m'ont remis un stérilet pendant mon sommeil. S'Ils l'ont fait, Ils l'ont bien fait. Je n'ai pas mal au ventre. Je n'ai pas eu mal au ventre la première fois qu'Ils l'ont installé non plus. Enfin, je ne crois pas. Peut-être que j'ai eu mal au ventre, mais que c'était pendant les jours sans eau, et que je ne m'en suis pas rendu compte. Une question de priorité, j'imagine. Une intervention chirurgicale non autorisée. C'est une transgression si énorme de mes droits que je devrais réagir. Protester. Me mettre en colère. Mais je n'y arrive pas. C'est un peu comme si je n'y croyais pas vraiment. Comme si c'était un rêve. On ne se fâche pas contre un rêve. On ressent ses effets sur l'humeur pendant quelques minutes après le réveil, puis on passe à autre chose, on passe à la réalité. Pourtant, il y a un reste. Quelque chose qui m'agace. Je ne sais pas. Je n'arrive pas à mettre le doigt dessus. Julien. Sa respiration s'accélère. Sa mâchoire craque.

— Tu es là?

Ce n'est plus une question, il peut me voir. Mais j'aime l'entendre me le demander quand même. Je me tourne vers lui. Il fixe le plafond, dans sa position habituelle, un bras sous la tête, l'autre qui repose sur son ventre.

— Tu vas bien? Ton ventre?

— J'ai dormi comme si on m'avait refilé un somnifère.

Il sourit. Il tourne la tête vers moi. Il passe une main sur ses joues. Sa barbe n'est pas rasée. S'Ils sont venus cette nuit, c'est moi qu'Ils ont emmenée.

— Je n'ai plus mal au ventre.

— Tu crois qu'ils t'ont remis un stérilet pendant la nuit?

Je me demande si c'est parce que nous avons si peu de distractions que nos pensées sont si semblables.

— Je ne sais pas. Si c'est le cas, j'espère qu'Ils ne m'ont pas remis le même.

Je fais un signe vers le plancher. Celui que Julien a retiré n'est plus là.

— Tu ne devrais pas prendre ça à la légère…

Sa voix est froide. Je vois la colère dans ses yeux qui retournent à leur examen du plafond. Pas contre moi, contre la situation. Mais aussi un peu contre moi. Qui ne me fâche pas. Qui ne réagis pas. Qui ne dis rien. Je fais un effort.

— Ce n'est pas de la légèreté.

Ma voix tremble. J'essaie de la contrôler, mais je n'y arrive pas. C'est pour ça que je préfère ne rien dire. Ma voix en dit toujours trop. Julien se tourne vers moi. Il m'observe. Il ne dit rien. Il attend que je précise ma pensée. Je n'ai pas de pensée à préciser. Ce n'est pas de la légèreté, mais je ne sais pas ce que c'est.

— Je ne vais pas me mettre en colère contre quelque chose qui est hors de mon contrôle.

— Ce n'est pas ce que j'ai dit.

Ses yeux sont si sombres.

— C'est pourtant ce que tu fais. Te mettre en colère.

— Je ne suis pas en colère, Emma.

— Que oui! Tes yeux hurlent!

Il me regarde comme si je lui annonçais une nouvelle.

— Je ne suis pas en colère contre toi.

— Pas seulement contre moi, je dirais. Mais un peu, quand même.

— Qu'est-ce que tu imagines! Je… je…

Il s'arrête. Il prend une grande respiration. Contrôle.

— Je ne suis pas en colère contre toi. Je suis en colère pour toi. Parce que tu ne l'es pas. Pas assez.

Peut-être.

Je reste en boule sur mon matelas. Julien s'est levé. Il m'a demandé si ça allait. J'ai dit oui. Mais ce n'est pas vrai. Pas vraiment. Il ne m'a pas crue. Mais il a fait comme si. Il m'a demandé si je voulais courir. J'ai dit non. Il n'a pas insisté. Il n'insiste pas. Il me jette un regard de temps en temps. Mais il me laisse tranquille. Je ne veux pas courir. Je ne veux pas parler. Je ne veux pas réfléchir. Je suis fatiguée. Pas la fatigue qui nécessite le sommeil. L'autre fatigue. Celle qui engourdit les rouages du cerveau. Je veux dormir. Même si je viens tout juste de me réveiller. Je veux dormir.

J'ouvre les yeux. Il fait noir. Merde. La lumière. Encore. J'étire le bras pour toucher Julien. Je ne sais pas s'Ils ont refait le coup de la vitre. Je tente de bouger mon bras. Pas question de coupures-surprises cette fois-ci. Je ne peux pas bouger mon bras. Je ne peux pas. Je. Ne. Peux. Pas. Je ne peux pas le bouger. Je bute contre quelque chose. Froid. Je ne peux pas le pousser. Je veux me redresser. Je ne peux pas. Je veux bouger mes jambes, je n'y arrive pas. Je. Respire. Je respire. Je rêve peut-être. Respire. Doucement. Je peux bouger mes mains. Un peu. Mes doigts. Je tâte. Un coin. Je soulève la tête. Je pointe les pieds. Je suis dans une boîte. Je crois. Je suis dans une boîte. Je suis dans une boîte. Je ne peux pas bouger. Je suis dans une boîte. Cette alarme, je l'ai déjà entendue. Oui. Le jour de mon arrivée. C'est ma voix. Je hurle. Voilà. Je vais mourir. Je suis déjà dans un cercueil. Et je hurle. Ma gorge va se déchirer. Mes poumons vont éclater. Je sens mon estomac se contracter. Non. Un bruit. Derrière mes hurlements. À mes pieds. Un coup. Sur la boîte. J'essaie d'arrêter le hurlement. Il s'arrête. J'entends Julien. De loin.

Puis de moins loin.

— Emma, tu dois te calmer. Respire. Tu dois tenir le coup, reste avec moi, Emma, tu m'entends ?

Je veux lui répondre, je veux crier. Mes cordes vocales sont foutues. Je n'émets qu'un faible couinement. Je me mets à trembler. Je n'arrive pas à me contrôler.

— Emma! Emma! Réponds-moi, tu ne peux pas abandonner, réponds-moi! S'il te plaît, Emma, réponds-moi… Emma, Emma…

Sa voix s'étiole sur les derniers mots. Un chuchotement continu. Mon nom. Je crois que c'est ce qui me ramène. Entendre qu'il pourrait ne pas tenir. Lui. Je respire. Je cogne avec mon index contre la paroi. Un son métallique.

— Emma?

Je cogne un coup.

— Emma, ils t'ont foutue dans une boîte de métal. Ces fils de putes, je vais les tuer. Je te jure, je vais leur arracher la peau de sur les os, je vais… ces salauds!

Je l'entends s'éloigner.

— Je vais… je vais…

Il hurle. Je l'entends vociférer des insanités épouvantables. Il parle au globe. Je me concentre sur sa colère. Elle me permet de rester calme. Je ne peux pas penser à moi. Je ne peux pas m'habiter. Je projette toutes mes pensées sur lui. Julien et sa colère. Julien en colère. Pour ce qu'Ils ont fait. À moi. Julien qui rugit, qui beugle. Je crois que ce qui le retenait vient de rompre. Colère pleine puissance. J'entends de l'eau renversée sur le plancher. Un pichet. Du verre éclater. Le globe. Sa voix s'est faite si basse, si menaçante, je n'entends même plus ce qu'il promet de leur faire endurer. J'entends le pichet frapper la caméra. Encore. Encore. Encore. Puis un bruit de chute. La caméra. Ils vont débarquer. Julien. Il est dans un état second. Il ne parle même plus, il grogne. Ils vont le tuer. Non. Julien. Je crie. Par-dessus mes cordes vocales abîmées. Julien! Par-dessus ma gorge déchirée. Julien, Julien, JULIEN! NON!

Puis je l'entends. Dans mon oreille droite. Tout proche.

— Emma. Je suis là. Tu m'entends, tu es là ? Tu es là ? Dis-moi que tu es toute là !

Je tourne un peu la tête vers la droite, je vois des petits trous d'aération. Très petits trous. Julien est de l'autre côté. Julien. Je me demande comment je peux tenir autant à quelqu'un dont j'ignore jusqu'au nom de famille. Je me demande : est-ce important ? Je râle.

— Julien. Ça va. Je respire. Calme-toi, s'il te plaît, tu me fais peur. Ils vont te prendre. Ils vont t'emmener. Je ne tiendrai pas s'Ils viennent te prendre. S'il t'arrive quelque chose. S'il te plaît.

Ma voix est un désert. Sèche, granuleuse, avec des bouffées de vent qui passent au travers. Je l'entends s'asseoir et s'appuyer sur la boîte.

— J'essaie de desserrer les vis. Il n'y a rien sur quoi agripper mes doigts. Attends. Ma fermeture éclair.

Je l'entends enlever son pantalon. Je me souviens de son caleçon. Je l'ai vu le jour où Ils nous ont enlevé l'ouïe. Un caleçon gris. Je l'imagine. Ses longues cuisses. Je ferme les yeux. Je respire. Il gratte sur le couvercle, un grincement irritant. Cela résonne jusque dans le creux de mon ventre. Il marmonne, puis lâche un juron.

— Julien ?

Je ne peux que chuchoter.

— Je me suis… Ce n'est rien. Je n'y arrive pas, le curseur est trop gros.

Je l'entends se lever, marcher. Des bruits. Quelque chose qu'il remue. Les pièces de la caméra en morceaux. Il revient.

— Il y a une pièce que je peux utiliser, je crois.

Je l'entends s'acharner contre une vis. Je ne me suis jamais sentie aussi proche de la folie que maintenant, enfermée dans ce cercueil de métal. J'ai l'impression que mon cœur va exploser sous la pression. Que tous mes organes doublent de poids, de grandeur, de grosseur. Mon corps n'a pas assez d'espace pour les contenir. Ça fait mal partout. Une pression de l'intérieur. Je dois contrôler mes pensées. Julien. En caleçon.

— J'y arrive, Emma, mais ça va prendre du temps. Il ne faut pas que tu abandonnes. Reste avec moi. Tu es là? Emma, tu m'écoutes? Tu es dehors avec moi. Dehors, d'accord? Dans un grand champ. Un champ immense. Le ciel est bleu, les nuages sont si hauts que ça nous donne le vertige, le vent est doux, tu sais, le vent d'été, chaud, tranquille, juste assez pour soulever tes cheveux noirs. D'accord? Dans un grand champ. Plein de fleurs. Quelles sont tes fleurs préférées, Emma, dis-moi?

Il parle lentement, doucement, mais j'entends les efforts physiques sous le contrôle de sa voix. J'entends le bruit d'un morceau de métal contre un autre. Quelque chose qui tourne. Qui grince. Qui bouge. Répétitif. Je ferme les yeux. Je peux y arriver. Je vois le champ. Je vois Julien dans le soleil. Ses yeux verts qui pétillent. Des marguerites. J'aime les marguerites. Je râle.

— J'aime les marguerites. J'aime les fleurs blanches.

Un soupir. De soulagement.

— Un champ de marguerites, alors. À perte de vue. Il n'y a que le soleil, le vent, les hautes herbes et les marguerites. Des tas de marguerites. Nous sommes presque cachés, assis sur une grande couverture. Il faut qu'elle soit à carreaux rouges, comme dans les films, tu sais? Nous pique-niquons. Dis-moi ce que tu veux dans le panier. Tout ce que tu préfères.

— De la musique? Je m'ennuie de la musique.

— Ouais, de la musique aussi. C'est notre paradis, c'est tout ce dont tu as envie.

Je peux le voir. Dans ma tête. Un paradis. Je peux. Presque aussi clair que si je rêvais. Je mets tout dans cette image. Tout ce qui peut m'éloigner d'ici. L'odeur des fleurs, la chaleur du soleil sur ma peau, le vent dans mes cheveux, mes orteils dans l'herbe, le rire de Julien. Je chuchote.

— Je veux du pain frais et des pâtés. Et des fromages. Tu aimes les fromages? Je veux des raisins. Et du cantaloup. Oh, je veux des brioches à la cannelle! Et du café au lait, et des petits gâteaux au chocolat…

— Là, tu parles. Tu vois? Il y a des oiseaux dans le ciel, et des papillons autour de nous. Et de la musique. Quelle musique?

Je pense à lui, Julien, qui pianote sur mon bras. Il y a un siècle de ça.

— Du piano. *La légende du pianiste sur l'océan*, *Novecento*, la musique du film.

Ma voix n'est plus qu'un murmure, mais je ne m'y arrête pas. Je me concentre pour oublier mon corps, pour rester dans ma tête. Je ne suis pas dans un cercueil de métal. Je suis dans un champ. Avec de la musique dans les oreilles. Des brioches à la cannelle. Des fleurs. Julien.

— Oui, oui, je connais, Ennio Morricone. Jamais vu le film.

— C'est magnifique, tu verras.

Il y a une pause dans le grincement. Toute petite. À peine remarquable. Mais une pause. C'est ce que j'ai dit.

Sortir d'ici. Voir un film. Je l'ai dit sans même y penser. Il faut croire que j'y crois. Qu'une partie de mon cerveau y croit. Que je le crois, lui. Il va nous sortir d'ici. Confiance. Malgré moi. Je ne veux pas m'y attarder. Pas maintenant. Surtout pas maintenant. Julien.

— C'est un rendez-vous.

Le grincement cesse. J'entends quelque chose qui rebondit sur le plancher.

— Et d'une.

Une vis. Julien se déplace et le grincement reprend.

— Tu ne me lâches pas, hein? Nous sommes sur la couverture, nous sommes parmi les fleurs. Café, sucre?

— Oui…

Je dois me concentrer, me rappeler le goût du sucre dans mon café. L'odeur du café. Le goût du café. Les cinq cafés qu'il me fallait pour me remettre d'une soirée de tequila. Tequila. Je n'ai même pas pensé à en apporter dans notre pique-nique. Quelque chose a changé.

— Allez, ma belle, qu'est-ce qu'on fait après un pique-nique? Ne me dis pas que tu veux courir. C'est assez, la course. On pourrait valser. On pourrait nager. Tu aimes l'eau? Parce que je peux nous mettre un grand lac juste là, dans notre champ. Un grand lac d'eau claire. Tu veux plonger dans l'eau? Emma?

L'eau. Nager. C'est une des seules activités sportives que je pratiquais, avant. J'aime l'eau. La légèreté du corps dans l'eau. L'impression d'un autre monde sous l'eau. J'aime l'eau.

— Oui.

Ma gorge est trop sèche, un seul mot provoque une quinte de toux. Le bruit et les secousses qui se répercutent dans mon cercueil alertent Julien.

— Emma? Emma, ça va? Je vais te mettre à la verticale. Pourquoi je n'y ai pas pensé avant…

Je sens la boîte bouger. Je l'entends souffler. Forcer. Je glisse sur le centimètre de jeu et je me retrouve sur mes pieds. C'est mieux. Un peu. Le grincement reprend.

— À l'eau, alors! Le premier rendu, allez cours, Emma! L'eau est fraîche. Je te vois, avec tes yeux pleins de malice. Tu es plus habile que moi dans l'eau, vrai? Je parie. Je cherche à t'attraper, mais tu me files entre les doigts, tu te réfugies sous l'eau. Je vais finir par te rattraper, je vais te chatouiller, tiens! Tu vas voir!

Je le vois. Je me vois courir à l'eau. Me jeter à l'eau. Apesanteur. Le poids du corps qui n'existe plus. Si l'on accepte de ne pas résister. Je vois Julien rire. Je me cache sous l'eau. Le silence. Je vois Julien sous l'eau. Son image déformée. Des bulles qui montent jusqu'à la surface. Je peux rester longtemps, tout le temps sous l'eau. C'est un rêve, je n'ai pas besoin de respirer. Julien m'attrape. Je ne me sens pas en danger. Il ne me fera jamais mal. Pas lui.

— Et de deux. Je vais y arriver, Emma. Ne me lâche pas.

Moi? Le lâcher? C'est lui qui fait tout le boulot. Il me tient. Je le sais. Je le sens. Je l'entends. De loin. Je suis dans l'eau. Je suis bien. Julien me fait son demi-sourire avec des bulles qui lui sortent du nez. La lumière du soleil traverse l'eau. Des millions de petites étoiles scintillent autour de nous. Il rit. Je suis bien. Puis je sens une tension. Quelque chose m'arrache de ma rêverie. J'ouvre les yeux. Du noir. Une douleur. Mon ventre. Une douleur aiguë. Une crampe. Je ne peux me replier. Je crie. Ce n'est même plus un cri, c'est un râlement. Le grincement cesse.

— Qu'est-ce qui se passe?

Je ne peux pas répondre. Je suis dans un cercueil. Je suis là. Dans toute la douleur de mon corps. Je suis. Là. La panique vient de débouler. Prendre le contrôle. Elle veut sortir. Je veux sortir. Je n'arrive pas à me calmer. Je veux sortir. Je veux sortir. Sortir. Je cogne avec mes poings. Je cogne avec mes genoux. Je cogne avec ma tête. Avant, arrière. Mon corps se raidit. Convulsion. Je cogne ma tête. Je râle. Je ne sais plus qui je suis. Je suis une bête. J'halète. Je sens mon corps s'arquer. Se relâcher. S'arquer encore. Je ne suis pas en contrôle. Je ne suis pas en contrôle. Je veux sortir. Râle. Je sens la boîte basculer. Puis je ne sens plus rien. Je ne suis plus là.

Des mains sous mes aisselles. On me tire. Quelque chose me râpe le dos. Je ne suis pas consciente. Pas exactement. Je vois le gris de la pièce. Je vois Julien. De très loin. Au bout. Loin. Je ne le vois plus. Ma tête bascule. Je dois remonter. Vers le gris. Vers Julien. Du fond de l'eau, je dois remonter. Je le vois dans ses yeux. L'inquiétude. Non. L'effroi. Je dois. J'ai l'impression de nager dans de la glu. Mes mouvements sont lents. Trop lents. Je monte lentement. Je dois y mettre toutes les forces qui me restent. Monter. Je veux dormir. Il ne faut pas. Je dois monter. Ou dormir. Mourir. Ici. Loin. Dans la glu. Non. Je peux le faire. Je l'entends. Julien. Crier. Je peux, je peux, je. J'ouvre les yeux. Julien. Il me demande si je suis là. Il a de l'eau dans les yeux. Nous étions sous l'eau. Je fais oui, avec les lèvres, mais je n'ai plus de voix. Il m'enlace. Me serre. Me berce. Il passe sa main dans mes cheveux. Quelque chose tire. Colle. Il pose ses lèvres sur mon front. Il me reste une impression d'irréel. De rêve. Je suis là? Puis je vois le cercueil. La boîte de métal. Une boîte de sardine. Voilà. À peine le cinquième du couvercle relevé. Plié. Tordu. Démoli. Plein de sang. Mon sang? Son sang? Je retombe dans ma réalité. Ça ne fait pas de bruit, mais je sens la secousse. Je recule. Julien ouvre les bras. Je regarde son visage. Il a vieilli de dix ans. Ses mains sont en sang. Ses bras aussi. Il voit mes yeux s'agrandir. De peur.

— Julien?

— Ça va. Ça va aller. Tu ne répondais plus, je n'avais plus de temps. J'ai tiré. J'ai forcé. Je n'ai pas remarqué, je n'ai rien senti. Le métal, j'ai tiré sans prendre de précaution. Je crois que je t'ai blessée. Dans le dos. Je devais te sortir de là. Je suis désolé.

Je baisse les yeux. Je suis couverte de sang, son sang. Mon sang. Je sens une chaleur dans mon dos. Des éraflures. Des coupures. Peut-être. Le cercueil. J'étais dans un putain de cercueil. J'étais. Je suis en vie. Je suis là. Julien m'a sortie. Je lève les yeux sur lui. Il lève une main et essuie quelque chose sur ma joue. Des larmes. Je pleure. Ça ne veut pas s'arrêter. Ça déboule sur mes joues. Sur mon chandail. Ça fait des taches de sang plus sombres sur le sang qui a commencé à sécher. Je n'ai pas de sanglots. Pas de hoquets. Juste des larmes qui coulent comme de l'eau. Julien. J'appuie mon front contre son épaule et je laisse l'eau couler. Des petites chutes courent sur son torse nu et vont s'écraser contre son jean. Il ne dit rien. Il place sa main sur ma tête et attend. Il me laisse le temps. L'espace. Il est juste là. Pour moi. Qui pleure. Je pleure. Je ne suis pas capable de m'arrêter. Ça dure une éternité. Ça dure deux minutes.

Il n'y a plus de larmes. Je lève la tête. Julien replace mes cheveux derrière mon oreille.

— Est-ce que je peux regarder ton dos ? Nettoyer les plaies ?

Je fais oui. Je regarde ses mains.

— Je vais nettoyer mes mains aussi. Emma, est-ce que je pourrais avoir ton chandail ? Le coton sera plus doux que mon jean.

Je retire mon chandail. J'ai de la difficulté. J'ai mal partout. Comme si on m'avait frappée à coups de batte.

Julien m'aide. Il va chercher le pichet qui n'a pas servi à démolir le globe et la caméra. Il y a des débris partout. C'est étrange. Tout est habituellement si vide. Fausse impression de rangement. Julien contourne les débris. Il revient avec le pichet. Me le tend. J'avais oublié la soif. Je prends quelques gorgées. Je sens l'irritation dans ma gorge. Je bois quand même. Julien verse de l'eau sur mon chandail, sur un coin propre. Je murmure.

— Toi avant.

Il me regarde. Décide de ne pas discuter. Je dois avoir une mine encore plus épouvantable que la sienne. Il enlève le sang. Le blanc du chandail se teinte d'un rouge rose qui me lève le cœur. Le sang de Julien. À cause de moi. Non, oh non. À cause d'Eux. Les salauds. Plus de sang pour cacher les plaies, ses mains sont dans un état épouvantable. Il y a des lambeaux de peau qui pendouillent. Julien les retire comme s'il retirait des gants. Sans frémir. Une sensation que je ne reconnais pas me tord les muscles du ventre. Cela ne fait pas mal, c'est plutôt une sorte de faiblesse. Localisée dans mon ventre. Un chatouillement trop intense pour être agréable. Et cela se produit chaque fois que Julien retire un morceau de peau. Comme si je ressentais son mal. Comme si j'avais mal pour lui. Comme si je ne pouvais endurer de le voir souffrir. Comme si c'était une partie de moi qui souffrait.

— Viens, je veux voir ton dos. Si c'est trop douloureux, fais-moi signe.

Je lui présente mon dos, mais je ne sens rien. J'en suis encore à cette sensation dans le creux de mon ventre. Une réaction physique produite par le seul fait de voir l'autre. Quelle sorte de lien peut créer cela? Julien me retourne vers lui. Mon chandail n'est plus blanc. C'est un tas rouge-brun en boule sur le plancher. Le pichet est presque vide. Il m'offre les dernières gorgées.

— Ce n'est pas profond, mais c'est sur presque toute la surface de ton dos. J'aurais dû être plus délicat, mais il fallait que je te sorte de là. Tu ne répondais plus.

Je fais non. Il n'a pas le droit de se sentir mal pour ça. Je m'approche de son oreille et je murmure « Merci ». Il m'a sortie du cercueil. C'est tout. Il n'y a rien à ajouter.

— On va s'en sortir. Tu vas voir. Je vais nous sortir d'ici.

Il se lève et me tend la main. Je n'ose pas mettre ma main dans la sienne, j'ai peur de lui faire mal. Je lui prends le poignet. Il me fait un petit sourire triste. Nous allons aux matelas. Il s'installe le dos contre le mur, ses longues jambes allongées devant lui. Je me couche sur le côté pour laisser mon dos libre. J'appuie ma tête sur ses cuisses. Je ferme les yeux un moment. Je ne veux pas dormir. J'ai peur de me réveiller dans le cercueil. Je combats. Je suis épuisée. Julien me caresse distraitement les cheveux du revers de la main. Puis, sans m'en rendre compte, je m'endors.

Un bruit de porte qui se referme. J'ouvre les yeux. Il y a quelque chose près de la porte. J'entends Julien respirer. Il doit s'être endormi lui aussi. Non, sa respiration est trop lente, trop légère. Je me redresse. Trop vite. Vertige. Puis je vois son visage trop blanc. Et le sang. Il y a du sang sur le matelas. Beaucoup de sang. Trop. Qui se fait un chemin vers le drain. Une des coupures sur sa main gauche. La crampe dans mon ventre est instantanée. Elle me coupe le souffle. Julien. Il a trop saigné.

— Julien ? Réveille-toi ! Julien ! JULIEN !

Il marmonne. Il n'ouvre pas les yeux. Il est toujours assis. Contre le mur. Je pose l'oreille contre sa poitrine. J'écoute son cœur. Je compte. Il ne bat pas assez vite. Il ne bat pas assez fort. Qu'est-ce que je fais ? Qu'est-ce qu'Ils font ? Ils ne vont pas le laisser crever, quand même ? Je me tourne vers la porte. Je me lève. Je marche malgré l'étourdissement. Il y a une boîte en carton et un pichet d'eau. Je retourne près de Julien avec la boîte et l'eau. J'ouvre la boîte. J'ai une nausée. Une seringue. Une seringue au bout d'un tuyau qui se termine sur une aiguille. Un set de transfusion sanguine. Je ferme les yeux. Je respire. Une aiguille. Je ne peux pas laisser tomber Julien. J'ai vu pire qu'une aiguille. J'essaie de me raisonner. Depuis que je suis ici, j'ai eu des peurs à me rendre folle. J'ai eu plus peur que ce que j'aurais pu imaginer. Je peux faire face à une aiguille. Une toute petite aiguille. Je respire. Allez. Ouvre les yeux. Il y a un papier dans la boîte. Les étapes à suivre. Et du fil. Et une petite bouteille d'iode. Et des compresses de gaze. Et du ruban adhésif. Les salauds. LES SALAUDS. Je suis donneur universel. Je le sais. Ils doivent le savoir. Je dois lui donner mon sang. Je dois faire une transfusion sanguine. Moi. Et recoudre sa coupure. Moi. Je peux le faire. Je dois le faire. Je n'ai pas le choix. Je prends une gorgée d'eau. Ce n'est pas que de l'eau. C'est un goût nouveau. Médicament. Je le porte aux lèvres de Julien.

— Bois, allez, bois. S'il te plaît, bois.

Il ouvre un peu la bouche. Il boit deux gorgées. C'est tout. Je le secoue. Il ne me revient pas. Je voudrais qu'il soit là. Qu'il m'aide. Qu'il me rassure. C'est égoïste. C'est mieux ainsi. Il ne souffre pas.

Je nettoie mes mains avec l'iode. Je nettoie l'intérieur de sa main avec l'iode. Je vois la coupure plus profonde parmi les chairs meurtries. Le sang coule encore. Mon ventre fait une culbute. Je prends l'aiguille. Mon cœur ne veut rien entendre. Il se met à battre à plein régime. J'essaie d'oublier que j'ai une peur bleue des aiguilles. J'essaie de penser à Julien. Son sang qui coule. J'enfile l'aiguille. Je prends une grande respiration. Je pince les bords de la coupure ensemble.

— Julien, écoute-moi, je vais te faire des points de suture. Ça va faire mal. Reste où tu es.

Je pousse l'aiguille dans la peau. Je passe le fil. J'ai envie de crier. Je sens le fil frotter contre sa chair et j'ai envie de hurler. Je fais un nœud dans le fil. Un double nœud. J'ai fait un premier point. Je gémis. Julien ne réagit même pas. Je me dis que ce n'est pas bon signe. Je ne peux pas y penser maintenant. Il n'y a pas de ciseaux. Je tranche avec mes dents. Je fais un deuxième point. Je peux y arriver. Je nettoie le sang qui embrouille tout. Je sais coudre, je couds la plaie. C'est tout. Un troisième point. Ils sont peut-être trop proches. Je ne veux plus qu'il saigne. Je serre fort. Cela fait un gros ourlet de peau. Il va rester avec une vilaine cicatrice. Il va être en vie. Allez. Vite. Je fais les autres points plus vite. Pourquoi Ils ne sont pas venus? Ils l'ont déjà fait. Le recoudre. Pourquoi pas maintenant? Pourquoi moi? Je termine. Je nettoie encore avec l'iode. Puis je prends la seringue.

C'est ridicule. Je suis terrorisée. Mes mains sont tétanisées. Je n'arrive pas à plier mes doigts. Je ne sais pas ce qui m'effraie le plus. Insérer l'aiguille dans mon bras ou dans le sien. Mon ventre se tord juste à y penser. Mes mains se mettent à trembler. La dernière fois qu'une aiguille a trouvé son chemin jusqu'à une de mes veines, il y avait quatre infirmières pour me tenir et mes yeux étaient fermés si fort que j'ai eu mal au visage pendant deux heures. Je ne peux pas fermer les yeux. Je dois trouver ma veine moi-même. Je dois le faire. Arrêter de penser et le faire. J'étends mon bras. Je passe une compresse imbibée d'iode dans le creux de mon coude. J'étends le bras de Julien et je fais la même chose. Je prends le tube avec les aiguilles.

— Julien? Je vais insérer l'aiguille maintenant. J'ai besoin que tu sois là. Ça ne va pas te faire mal. Pas à toi. Mais j'ai besoin que tu sois là. Maintenant. Julien. S'il te plaît. Ouvre les yeux. Julien.

Ma voix tremble. Je dois commencer par lui ou par moi? Le petit papier ne le dit pas. Par lui. Si je perds conscience à mon tour, ce sera fait. Et si je manque la veine? Si je fais une gaffe? Si je ne réussis pas? Non. Impossible. Je peux. Je.

— Julien, j'y vais. Tu vois, je prends l'aiguille. Je suis capable. Je vais l'insérer juste là, dans cette grosse veine bleue, tu vas voir, ça ne va même pas faire mal, tu vois ? J'y arrive. Je vais mettre le ruban adhésif, comme les infirmières font à l'hôpital. C'est fait.

C'est fait. J'ai réussi. Il ne se passe rien. Je dois tourner la petite roulette orange à la base du tube. Je vais insérer la mienne avant. Celle du donneur. La chambre de la seringue est énorme. OK. Je peux le faire. Ne penser à rien. Rien. Rien. Ou hurler. Dans ma tête. Pour tout couvrir. Hurler plus fort que tout. Dans ma tête. Je pousse l'aiguille dans mon bras. Je hurle à pleins poumons. Dans ma tête. Il n'y a pas de sang. Je n'ai pas trouvé la veine. Je retire l'aiguille. La sensation me donne la nausée. Je hurle plus fort. Je prends le ruban adhésif et je fais un garrot de fortune autour de mon biceps. Pour mieux voir la veine. Ma veine. Je pousse l'aiguille une deuxième fois. Plus loin. Plus fort. J'ai un haut-le-cœur. J'arrête de hurler. Je ravale l'acide qui remonte dans ma bouche. Le sang apparaît. Rouge. Foncé. J'ai réussi. Je tourne les petits disques orange à la base des tubes et mon sang se fait un chemin jusqu'à Julien. J'ai réussi.

— Julien, j'ai réussi. J'ai réussi. Même avec les foutues aiguilles, j'ai réussi. Tu vas aller mieux.

Je colle l'aiguille à mon bras avec le bout de ruban que j'avais préparé. Je crois que ça va aller. Je reprends sa main. Elle ne saigne presque plus. Je n'arrive pas à y croire. J'ai réussi.

Je m'assois. J'essaie de faire boire Julien, mais il ne réagit pas. Je regarde le sang voyager dans le tube. J'évite de regarder l'aiguille. J'attends. Je n'ose pas bouger. Puis je regarde le sang entre lui et moi. Je regarde l'aiguille.

Qu'elle aille se faire foutre, ma peur des aiguilles. Je ne peux empêcher cette sensation de vertige, mais je peux me contrôler assez pour la regarder, enfoncée dans mon bras. Et dans tout ce bordel d'émotions trop intenses, je ressens une sorte de fierté. Je ne me souviens même pas de la dernière fois où je me suis sentie fière de moi. J'ai l'impression que ce n'est pas le moment, que ce n'est pas la place. Je suis fière de pouvoir regarder cette aiguille. Contente d'être capable. Voilà. Capable. Je prends une grande respiration. Je passe ma main sur la joue de Julien, comme il le fait si souvent. Ça fait un moment qu'Ils ne l'ont pas rasé. Sa barbe est douce.

— Julien ?

Il ne réagit pas. Pas encore. Mais ça va venir. Je le sais. Je le sens. J'en suis convaincue. Je ne peux pas avoir fait tout ça sans que ça fonctionne. Puis je réalise la connerie du mécanisme derrière cette pensée.

J'ouvre les yeux. Je me suis assoupie. Assise. Je ne sais pas combien de temps. Julien respire mieux. Son visage n'est plus aussi blanc. Il va mieux. Je commence à me sentir un peu nauséeuse. Je pense que j'ai donné assez. Je retire les aiguilles. J'essaie de le faire boire. Il ne réagit pas. Je bois. Je remets les trucs dans la boîte. Julien est encore affalé contre le mur. Je le couche sur le dos. J'observe ses mains, la coupure ne saigne plus. J'ai envie de le secouer. J'ai envie d'entendre sa voix. J'ai besoin d'entendre sa voix. Je dois le laisser dormir.

Je m'appuie contre le mur. Un élancement me rappelle l'état de mon dos. Je me couche sur le côté. Je le regarde dormir. Je ne peux pas faire autre chose. Je ne m'en sens pas la force. C'est peut-être la transfusion. Je ne sais pas. C'est un manque de force qui est aussi dans ma tête. Épuisement. Trop d'émotions. Je ne veux pas dormir.

Un bruit. La porte se referme. Je ne dors pas. Ils sont venus. Et repartis. Si vite. Je me précipite à la porte. Leur crier. Leur parler. Mais je m'arrête devant le panneau de métal. Ça ne donnerait rien. Crier. Hurler. Qu'est-ce qui serait différent aujourd'hui? Différent d'hier? De demain? Ils ont laissé une petite boîte. J'ouvre. Une seringue. Pleine. Quelque chose pour Julien. Je réprime un petit frisson. Devant l'aiguille. À peine. Je prends la seringue et me dirige vers Julien qui dort. Je ne sais pas si c'est du sommeil. Mais c'est du sommeil. Il le faut. Sinon, je ne… Sinon je ne sais pas, mais c'est du sommeil. Je me penche, trouve la veine dans son bras, insère l'aiguille et injecte le liquide. Même pas une petite sueur sur mon front. Je remets la seringue dans la boîte de carton. Je remets la boîte de carton près de la porte. Je reviens près de Julien. Je m'allonge à ses côtés.

Je me réveille en sursaut. Julien. Il a gémi. Dans son sommeil. Je me redresse. Je passe une main sur son front. Il est frais. Il n'a pas de fièvre. Il dort. Tout semble aller bien. Mais il dort encore. Il n'y a plus de petite boîte près de la porte. Je ne peux rien faire de plus. Je regarde autour de moi. Le sang séché sur le béton gris. La caméra en morceaux. Le cercueil. Je bois. Je vais au drain. Je bois encore. Je me sens bien. Je décide de bouger un peu. L'état des lieux me dérange. C'est bête. Je pousse le cercueil près de la porte. Je ramasse les débris de verre du globe. Je les mets dans le cercueil. Je ramasse la caméra en morceaux. Elle va rejoindre les débris. Le sang. Séché. Je prends le pichet d'eau. Je mouille. Je frotte avec les doigts. Je remets de l'eau. Elle se dirige vers le drain. Je réussis à nettoyer. Faire revenir le gris.

J'entends un grattement. J'ouvre les yeux. Julien ? L'idée qu'il ne soit plus là m'est insupportable. Je me redresse trop vite. Julien ? Il est devant le mur de petits chemins. Il gratte le béton avec quelque chose que je ne peux pas distinguer. Il est debout. Il est réveillé. Il est vivant. Je m'approche. Je m'arrête. Un grand soupir. Julien m'entend et se retourne.

— Tu es là. Ça va ?

Moi ?

— Toi, ça va ?

— Moi ?

— Oui.

— Pourquoi moi ?

Il ne se souvient de rien.

— Heu… tu as perdu beaucoup de sang. Tu as dormi longtemps.

Je prends sa main. La suture est nette. Pas de rougeur. Pas d'infection. Elle guérit. Il regarde sa main. Il passe un doigt sur la suture. Il ne grimace pas.

— Toi, Emma, tu vas bien ?

Comme si c'était moi qui avais passé quelques heures à flirter avec la mort.

— Oui.

Mon oui n'est pas très affirmé. Je le regarde comme s'il pouvait disparaître, là, devant moi.

— Et ton dos ?

Il y a encore de la culpabilité dans ses mots.

— Ça pique.

Je me tortille. J'ai envie de le serrer dans mes bras. Je ne le fais pas. Il va bien. Il est éveillé. Il va bien. Il parle. Il me parle.

Il reporte son attention vers le mur.

Je m'approche.

— Je crois que le béton, c'est un trompe-l'œil. J'observais tes petits chemins pendant que tu dormais, et dans un creux plus profond que les autres, j'ai remarqué le changement de texture. Regarde, ce n'est pas un mur de béton, c'est une couche de béton sur un mur de plâtre.

Il y a de l'excitation dans sa voix. Je ne comprends pas.

— Je ne comprends pas.

— Le plâtre, ça se démolit à coups de pied.

Je sens mes yeux s'agrandir. Un millimètre de plus et ils me déboulent hors du crâne. Un mur que l'on peut défoncer à coups de pied. Un trou. Sortir de cette pièce. Je regarde Julien. Il me sourit.

— Il faut d'abord gratter le béton.

Il me montre un morceau de métal, un qui vient de la caméra démolie. Je fronce les sourcils. Sa main. Elle n'est peut-être pas encore en état. Je veux qu'il arrête, je ne veux pas qu'il rouvre cette sale coupure. Mais je ne veux pas qu'il arrête. Je n'arrêterais pas. Même avec un bras en moins, je n'arrêterais pas. Pourquoi cela serait différent pour lui ? Je ne dis rien.

Je vais vers le cercueil. Je trouve un petit bout de métal. Il est plus petit que le curseur de ma fermeture éclair. Je cherche mais je ne trouve pas plus gros. J'enlève ma jupe. Je reviens vers Julien et je me mets à gratter. Bientôt, des plaques de béton se décollent du plâtre. Cela devient plus facile. Le trou vers le plâtre s'agrandit. Julien va chercher un des pichets vides. Il se met à défoncer le plâtre. Les premiers coups semblent inefficaces. Il ne ralentit pas. Les coups. Je suis si habituée au silence ambiant que le bruit me semble déplacé. Je me dis que ce vacarme va les faire venir, avec leur fusil à somnifère, mais je ne m'y attarde pas. Une chose à la fois. Pour l'instant, c'est Julien. Qui frappe le mur. Malgré ses mains. Je ressens cette étrange sensation dans le creux de mon ventre quand je regarde ses blessures, mais je ne dis rien. Je serre les dents. Je compte les coups. Une fissure apparaît enfin. Puis une ouverture. Petite. Mais une ouverture. Une ouverture. Un trou dans le mur. Julien s'arrête enfin. Il me regarde. Je n'ai jamais senti l'espoir gonfler. C'est ce que je ressens. L'espoir. Physiquement. Qui gonfle en moi comme un ballon. Qui me rend légère. Je n'ai même pas fini d'y penser que mes bras sont autour de lui. Je le serre très fort. Il fait la même chose. Je recule avec un sourire. Je remets ma jupe. Je vais chercher l'autre pichet et je me mets à démolir. Il y a de la place pour deux maintenant. Démolir. De toutes mes forces. Avec tout cet espoir gonflé à bloc. Démolir à coups de pichet. Il y a un nuage de plâtre qui nous entoure. Nous faisons un tapage épouvantable. Personne ne vient. Peut-être qu'il n'y a plus personne pour venir. Je redouble d'effort. Le trou est assez grand pour y passer les épaules. Nous arrêtons. En même temps. Nous regardons. De l'autre côté du mur. D'abord, il est impossible de voir autre chose que la poussière de plâtre. Puis le nuage retombe. Une autre pièce. Vide. Mais elle n'est pas grise. Les murs ne sont pas en béton, ils ont déjà été blancs. Il n'y a pas de fenêtre. Il y a une porte. De bois. Une porte ordinaire. Une sortie.

Julien passe le premier. Le trou n'est pas assez grand pour l'enjamber. Nous ne prenons pas de temps pour l'agrandir. Il faut passer la tête, les épaules, atterrir sur les mains de l'autre côté et tirer les jambes. J'essaie de ne pas penser aux mains de Julien qui supportent son poids de l'autre côté. Mon ventre me fait quand même le coup de se tordre sur lui-même. Les pieds de Julien disparaissent. C'est à mon tour. Je plonge sans même un regard pour ce que je laisse derrière.

Julien m'aide à me relever. Mon dos me fait mal. Je m'en fous. Nous allons à la porte. Je l'entends retenir son souffle quand il met la main sur la poignée. Elle tourne. Il me regarde. C'est une expression que je ne lui connais pas. Il ouvre la porte. Nous passons dans un long corridor éclairé par quelques néons suspendus. Je ne vois pas où il s'achève. Il y a des portes à intervalles réguliers de chaque côté. J'ai l'impression d'un interminable couloir d'école avec des salles de classe, mais ce n'est pas exactement ça. Il n'y a personne. Il n'y a aucun bruit. Julien fait un signe vers la droite. Nous allons vers la droite. Nous marchons silencieusement. Le plancher est froid sous mes pieds nus. Il fait froid. Pas au point de congélation. Il fait juste froid. Il n'y a pas de fenêtre. Que des portes de bois. Julien en ouvre une au hasard. La pièce est vide, sans lumière, sans fenêtre. Nous faisons quelques pas et j'ouvre une autre porte. Même chose. Une dizaine de portes plus loin, un autre corridor s'ouvre vers la droite. Aussi long, d'autres portes. Julien s'arrête. On prend l'autre corridor? Je hausse les épaules. Nous marchons vers la droite. Julien ouvre une porte de temps en temps, les pièces sont toutes identiques. Nous croisons un autre corridor. Celui-ci s'arrête sur un mur quelques mètres plus loin. Cela ne va pas. Le mur semble planté au milieu du corridor. Comme s'il avait été bâti après. Pour condamner une sortie. La porte de droite a une petite fenêtre. Derrière, un escalier. Qui monte. Nous sommes probablement au sous-sol. L'escalier s'arrête à l'étage suivant. Même corridor. Mêmes portes. Mêmes pièces vides sans fenêtre. Même mur. Cela ne peut être le rez-de-chaussée. Une autre jonction, même corridor, mêmes pièces. Je commence à sentir mon estomac se contracter. Une fin de corridor. Un mur. Un escalier. Un seul étage. Même scénario. Trois étages de sous-sol ? Combien d'autres ?

L'espoir qui s'envole laisse une sensation de vertige. Il n'y a aucun bâtiment dont la fonction peut expliquer un tel dédale de portes et de corridors. Julien s'arrête. Il se penche vers moi et chuchote à mon oreille :

— Quelque chose ne va pas. Je ne crois pas que notre évasion en soit une.

C'est exactement ce que mon intérieur me crie. Les salauds !

— Nous sommes dans un labyrinthe.

— C'est aussi mon impression.

Il ouvre la porte la plus proche et entre. Il cherche un interrupteur. Il allume un néon qui grésille avant d'éclairer la pièce vide. Pas de globe. Pas de caméra. J'entre. Je n'aime pas. Le silence. Le vide. Le froid. L'aspect d'abandon contredit par la faible odeur de désinfectant. Le manque de poussière. Le vide. Blanc.

— Il doit bien y avoir un moyen de sortir d'ici.

J'entends la colère gronder derrière le calme de sa voix. Il se retient. Il garde le contrôle. Je commence à ressentir le sommeil. J'ai faim. J'ai soif. J'ai froid. Je frissonne. Je veux combattre.

— Julien?

Il observe les murs comme si la réponse était cachée quelque part dans la peinture blanche. Je ne sais même plus quelle réponse à quelle question. Il tourne la tête vers moi.

— C'est l'heure?

Le concept d'heure est devenu étrange, mais c'est quand même ça. L'heure où les drogues qui restent dans notre système commencent à faire effet. L'heure de notre nuit.

— Je peux peut-être tenir encore un peu.

— Tenir pour trouver d'autres corridors identiques à celui-ci? Ça ne vaut pas la peine. Nous allons dormir là. Je vais éteindre la lumière et fermer la porte. Je n'ai pas vu de caméra, ils vont avoir de la difficulté à nous trouver. Allez, viens.

Il me prend la main, nous allons à la porte, il la ferme doucement et éteint la lumière. Il y a un grésillement et l'obscurité s'installe. Julien marche vers le coin de la pièce, s'assoit. Je tiens à peine sur mes pieds.

— Tu grelottes. Tu vas t'asseoir contre moi, c'est le meilleur moyen de se garder au chaud.

Il m'installe entre ses jambes, mon dos nu, abrasif, contre son torse nu. Mon soutien-gorge est une moitié de camisole de sport en coton, il n'a pas d'armature ni d'agrafe, c'est déjà ça. Il passe ses bras autour de moi. Il n'est pas chaud, mais il est plus chaud que moi. Cela fait du bien. J'appuie ma tête contre son épaule.

— Attends, je vais enlever mon pantalon. Ça sera plus chaud.

Il se lève, je reste par terre. Je l'entends retirer son jean. Il se rassoit, me remet contre lui, enroule ses jambes nues contre les miennes et place son pantalon sur nous comme une couverture. Il resserre ses bras autour de moi.

— Ça va aller ?

Je ne frissonne plus.

Il se penche vers mon oreille. Tout doucement, sa voix est un murmure.

— Merci.

Merci pourquoi ? Mes pensées sont embrouillées. Je me demande si je le connais depuis assez longtemps pour m'endormir dans ses bras. Je me demande ce que ça signifie, assez longtemps. Je me demande si le temps passe quand il n'y a plus de repères pour le marquer. Je me demande si je vais réussir à dormir entortillée entre ses membres comme je le suis. Je me demande ce que nous allons faire demain, même si demain ne veut plus rien dire, mais je n'y arrive pas. Je m'endors.

J'ouvre les yeux dans le noir. Il me faut un moment pour me rappeler que je ne suis pas dans la pièce grise. Je suis dans les bras de Julien. Dans la pièce blanche. Dans le labyrinthe. Il dort. Il n'a pas bougé. Ses bras sont toujours autour de moi. Ses jambes sont toujours enroulées autour des miennes. J'ai le bout du nez froid, mais je n'ai pas eu froid. Je n'ai jamais dormi dans les bras d'un homme avant. Je n'y arrivais jamais. Peu importe l'homme qui partageait mon lit, je n'y arrivais pas. J'attendais qu'il dorme pour me glisser à l'autre bout du lit. Alors seulement je pouvais dormir. Je me demande si c'est Julien qui fait la différence ou si ce sont les somnifères. Ou l'absence de lit. Sa respiration. Il est réveillé.

— Tu es là.

Ce n'est pas une question.

— Julien, j'ai soif…

— Je sais. Moi aussi. Laisse-moi le temps de réfléchir, je me suis endormi trop vite hier.

Je commence à me lever pour lui laisser son espace, mais il me retient.

— Non. Reste.

Je reprends ma position. Je pose ma tête contre son torse. Il appuie sa joue sur le dessus de ma tête. Je sens son cœur battre dans mon dos. Il remet ses bras autour de moi. Je pourrais me sentir coincée. Je me sens bien. C'est peut-être Julien, finalement. Puis je l'entends. Lui aussi. Tout son corps se raidit. Le bruit d'une porte que l'on ferme. Loin. Julien approche ses lèvres de mon oreille.

— Je crois qu'ils sont à l'étage en dessous. Viens.

Je me lève avec lui. Je l'entends remettre son pantalon. Nous sortons de la pièce sans faire de bruit. Il n'y a personne dans le corridor. Nous courons. Au même rythme. Sans bruit. Nos pieds touchent le sol en même temps. Nous respirons en même temps. Nous prenons le corridor de droite. Nous arrivons à un mur. Un escalier. S'il descend, nous sommes foutus. Il monte. Un autre corridor. Réplique exacte de l'étage inférieur. Des trois étages inférieurs. Nous cherchons un autre cul-de-sac pour trouver un autre escalier. Nous courons longtemps. La soif rend la course pénible. La peur rend la course difficile. J'essaie de ne penser à rien. Juste courir. Juste avancer. Mouvement. Nous tournons finalement vers un corridor qui se termine sur un mur. L'escalier descend. Nous sommes revenus à notre point de départ. Julien se tourne vers moi.

— Ça va ?

Ma gorge est tellement sèche que je râle.

— Allons-y.

Il part avant moi. Je prends une grande inspiration et je le suis. Je marche deux pas derrière lui quand j'entends la porte s'ouvrir derrière moi. Nous tournons la tête d'un même mouvement. Trois types en noir déboulent dans le corridor. L'un d'eux est armé. Il pointe son arme vers moi. J'entends la détonation. Il me tire dessus. Je n'ai aucun réflexe. Je ne fais que continuer à marcher en regardant derrière moi la balle arriver. C'est Julien qui m'ôte de la trajectoire en me plaquant contre le mur. C'est Julien qui reçoit la balle dans le ventre. C'est Julien qui s'effondre.

Je m'entends hurler. Mais ce n'est pas vraiment moi qui hurle. C'est une jeune femme que je ne connais pas.

Elle s'est mise à hurler et à pleurer. Elle s'est laissée tomber contre le corps de Julien qui ne bouge plus. Elle hurle à la mort. Elle hurle avec une voix qu'elle n'a plus. Elle injurie les types en noir qui s'amènent, mais ses mots n'ont aucun sens. Un des hommes, pas celui avec l'arme, essaie de la relever. Elle refuse de bouger. Il met ses mains sur ses épaules. Elle lui balance un coup de poing dans un œil. Elle est dans une colère épouvantable. Toutes les colères qu'elle n'a jamais eues, elles sont là, en même temps, en une seule. La colère qui multiplie le potentiel de violence, qui efface la raison. Elle est envahie. Elle est dans une détresse impossible. Ils ont tué Julien. Julien. Qui est mort. Pour elle. Elle qui n'est rien. Elle mord le bras de l'homme qui cherche à l'empêcher de frapper. Elle recrache le morceau de chair qu'elle a arraché, avec un morceau de tissu noir. L'homme hurle et lui assène un coup avec la crosse de son arme. Sur le crâne. Elle tombe à genoux. Elle reconnaît la douleur, mais elle ne la ressent pas. Pas vraiment. C'est une douleur trop petite comparée à la douleur de voir Julien sans vie. Elle tombe. Elle se relève. Elle ne va pas s'arrêter. Pas cette fois. Elle veut les tuer. Un des types lui tient un mouchoir sur le nez. Elle ne veut pas respirer. Elle donne des coups avec les pieds. Elle entend l'arme. Le coup de fusil. Parmi ses hurlements, elle entend la détonation. Elle reçoit le coup dans le bas du ventre. Elle tombe. Elle voit la nuque de Julien. Elle ne voit plus rien. Elle n'est plus là. Ce n'est pas moi. C'est une jeune fille qui vient de perdre la raison. Qui vient de perdre tout.

J'ai mal à la tête. Je n'ai pas encore ouvert les yeux. C'est le mal de tête qui me réveille. Julien. JULIEN. Je me redresse en ouvrant les yeux. Une autre pièce grise. En béton. Globe blanc. Matelas. Pichets. Pas de Julien. Ils ont tué Julien. Ce n'était pas lui l'expérience. C'était moi. Ils ont tué Julien. Odeur de désinfectant. Je suis lavée. J'ai un chandail. Il n'est plus sale, il n'est plus déchiré. Je m'en fous. J'ai soif. Je m'en fous. Ils ne gagneront pas. Ils ne m'auront pas. Ils n'auront plus rien de moi. Je n'ai plus rien. Je n'ai plus Julien. Qu'Ils aillent se faire foutre. Je me lève et je balance les deux pichets d'eau contre la porte. Je laisse le globe intact. Je veux qu'Ils regardent l'échec de leur expérience. Je veux les voir débarquer et me forcer à boire. Je me roule en boule sur le matelas. Je ferme les yeux. La pulsion dans ma tête résonne contre mes tempes. Fort. Ce n'est rien comparé à la douleur qui me tord le ventre. Je compte les pulsations. Je compte pour ne pas penser à Julien. Je décompte vers ma mort.

Je dors. Je me réveille. Je ne dors pas vraiment. Je connais cet état. La douleur de la soif. L'esprit qui s'embrouille. Je laisse venir. Cela va aller vite. Déjà plus de deux jours sans eau. Je crois. Quand je dors, je ne rêve pas. Quand je ne dors pas, je décompte. Quand j'oublie où j'en suis, je recommence. La faim me tord le ventre. C'est une douleur minuscule. Une brûlure tolérable. Il y a l'autre douleur. Quand je pense à Julien. Elle me plie en deux. Je me réveille en chuchotant son nom. Je ne dors pas et je chuchote son nom. Je l'entends respirer, mais il n'est pas là. Mes lèvres sont si sèches qu'elles se fendent et saignent. J'ai le goût du sang dans la bouche. Ce n'est rien. Je décompte. Je perds conscience.

Il y a un halo blanc qui enveloppe tout. Même les hommes en noir. Les Ils. Enveloppés d'un brouillard blanc qui brille. Ils me soulèvent. Ils m'emmènent. Ils parlent. Je ne comprends pas ce qu'Ils disent. Je vole. Je crois. Je nage. Oui. Je suis dans l'eau. C'est le lac. Celui de Julien. Où nous avons pique-niqué. Avec les marguerites. Julien est dans l'eau. Ses yeux verts brillent dans le soleil. Il est vivant. Je nage vers lui. Je suis heureuse. Tu es là ? Je suis là. Je ne décompte plus. C'est fini.

J'ouvre les yeux. Je ne suis pas morte. Julien est mort. Je suis dans la pièce grise. Sur un matelas. Je n'ai pas mal à la tête. Il y a un quelque chose de nouveau. Une perfusion. Dans mon bras. Ils m'ont réhydratée. Ils m'ont nourrie. Les salauds. Je ne veux pas. Je ne veux plus. J'arrache le tube dans mon bras. Je me rendors.

Je fixe le plafond. Le faux béton gris. Je vais vivre. Ils ont remis la perfusion. Je ne l'ai pas arrachée. Je ne sais pas pourquoi. Je ne comprends pas. Moi. En vie. Jusqu'à quand? Pour combien de temps? Il y a quelque chose qui gratte au bord de ma conscience. Quelque chose qui insiste. Mais je ne veux pas réfléchir. Je veux oublier. Je veux arrêter d'avoir mal. Ce n'est pas physique. Mon dos ne me fait plus mal. Ma tête ne me fait plus mal. C'est mon intérieur qui ne va pas bien. L'impression qu'il manque les morceaux les plus importants. Les plus vitaux. Les trous me font mal. J'essaie de ne pas penser à Julien. Mais comment ne pas y penser? Je n'ai pas la force d'imposer une direction à mes pensées, et elles sont toutes tournées vers Julien. Ils lui ont tiré dans le ventre. Il n'est plus là. Je suis encore là. À la même place. Dans le gris. Inutile. Rien n'a changé. Rien ne change jamais. Pas ici.

Il y a une information au bord de mon brouillard. Quelque chose qui cherche à me donner espoir. Je n'ose pas. L'espoir me semble inapproprié. Comme si je faisais un pied de nez à Julien. Je me rendors.

Je me suis levée. Je n'en pouvais plus d'être couchée. Je fais quelques étirements. Je bois au pichet. Des gestes automatiques. Cela me fait penser à ma vie d'avant. Celle où j'avais un chez-moi, un boulot. Celle où tous mes gestes étaient automatiques. Entre ma vie d'avant, dans une boîte en carton, et ma vie de maintenant, dans une pièce grise, je me demande s'il y a vraiment une différence.

Le bruit de la détonation. Dans mon rêve. C'est ce qui me renvoie dans ma réalité. Je ne me souviens pas de ce qui est arrivé après avoir vu Julien tomber. Je pensais avoir perdu conscience. Mais cela me revient petit à petit. Le goût du sang dans ma bouche. J'ai mordu l'homme qui voulait m'emmener. J'ai hurlé. On m'a frappée. Je suis tombée. C'est la deuxième détonation qui n'a aucun sens. C'est elle qui hante mes rêves vides. Je ne sais pas pourquoi. Ils n'ont pas tué Julien deux fois. Je ne veux pas y penser. Cela me donne la nausée.

Julien tombe. Le corridor blanc. Les néons. Je hurle. Je sais que je rêve. Je ne veux pas revivre ce moment. Je veux me réveiller. Je veux ouvrir les yeux. Je ne peux pas. Je suis prise dans mon rêve. Les salauds courent vers moi. Je vais en mordre un. Recracher le morceau. Je vais recevoir le coup sur la tête, je vais tomber. M'évanouir. Mais je ne m'évanouis pas. Le mouchoir sur ma bouche. J'entends la deuxième détonation. Proche. La lumière éclate. Le rêve recommence. Une boucle sans fin. Julien tombe. Je hurle. Ils courent vers moi. Je mords. Je recrache. Je reçois le coup sur la tête. Je tombe. Le mouchoir sur ma bouche. J'entends la deuxième détonation. Et ça recommence. Jusqu'à ce que je me réveille enfin.

Mon visage est en sueur. Mes muscles sont tendus, crispés. Je me lève. Je bois. Je vais au drain. Je pisse. Je marche. Je ne cours plus. Je marche en rond. Je me demande si c'est la même pièce que celle où Julien a été enfermé avant d'être placé dans ma vie. Tout est tellement pareil. Le matelas, le globe, les pichets, la porte, le faux béton. Pareil. Je n'ai aucun moyen de savoir si l'orientation de la pièce est la même. Cela n'a pas vraiment d'importance. Je n'ai pas envie de dessiner. Je n'ai envie de rien.

Le coup de fusil résonne encore dans ma tête. Le coup de fusil. Le deuxième. J'arrête de marcher. Je porte la main au bas de mon ventre. Le deuxième coup de fusil. Il était pour moi. Dans mon ventre. Pas une balle, un dard. Un somnifère.

Et Julien? Mon corps réagit. Mon cœur réagit. Et si Julien? La pensée refuse de se former dans ma tête. Si Julien n'est pas mort. Je cherche dans mon souvenir, il y avait du sang? J'ai vu ses yeux ouverts? Vides? Il est tombé sur le ventre. Je n'ai pas vu de sang. Il avait la tête tournée vers le mur. Je n'ai pas vu ses yeux. Il n'y avait qu'une arme. Le deuxième coup de feu, il est parti de la même arme. Il ne m'a pas tuée. Il m'a endormie. Julien n'est pas mort. Pourquoi Ils me l'ont enlevé? Où est-il? Je me retourne vers la porte. Je sens la colère monter. Puissante. Je ne veux pas hurler. Je ne veux pas perdre la tête. Je n'ai plus assez de force pour empêcher ma folie de m'avaler. Je serre les dents. Fort. Ma mâchoire craque. Je sens mes oreilles devenir rouges. Mes mains sont blanches. Elles tremblent. Mais je ne perds pas le contrôle. Je respire. Je respire. Je marche jusqu'au globe. Je lève la tête. Je ne desserre pas les dents. Ma voix semble venir d'ailleurs. De partout. Forte. Retenue. Je pointe l'index vers le globe.

— Je. Vais. Le. Trouver.

Je respire profondément. J'ajoute un mot. Un seul.

— Salauds.

Je suis couchée sur mon matelas. Julien. Avant même d'ouvrir les yeux. Je ne suis pas encore complètement réveillée. Entre-deux. Je n'ai pas refait le rêve. Julien n'est pas mort. Ils me l'ont peut-être ramené. J'écoute pour chercher sa respiration. Mais je n'entends rien. J'essaie de rester calme. Je dois réfléchir. Il y a une autre pièce grise. Avec Julien dedans. Je dois sortir d'ici. Nous l'avons fait une fois, je peux le refaire. Le trouver. Le retrouver. Je ne peux plus être seule. Je l'ai supporté avant. Mais je ne peux plus retourner à cet avant. Il y a Julien entre cet avant et maintenant. Et je ne peux pas faire comme si Julien n'existait pas. Comme s'il n'avait pas existé. Je ne peux pas déconstruire la réalité. Même si je pouvais. Je ne veux pas. Je ne veux même pas essayer.

Le mur. Je dois d'abord enlever la couche de béton. J'enlève ma jupe, je me lève doucement, je prends le curseur et je me dirige vers le mur de gauche, le même que dans l'autre pièce, si je suis dans la bonne direction. Je pense que oui. Mais cela n'a pas beaucoup d'importance. Il faut juste une autre pièce à côté de celle-ci. Je me mets à dessiner. Je ne dessine pas. Je fais un trou dans le béton. Pour Eux, je dessine. Je commence par un petit rond, puis je fais une spirale autour du rond. Ça ressemble à une variante de mes petits chemins. Ceux que j'ai faits sur l'autre mur, dans l'autre pièce. Ceux qui m'ont rendue si heureuse, pour un moment. Mais ce n'est pas un chemin, c'est une cible. Et je ne suis pas heureuse. Je gratte doucement, pour ne pas les alarmer. Je pourrais démolir le globe, et la caméra, comme Julien l'avait fait. Une des pièces de l'appareil serait plus efficace que mon curseur pour enlever le béton. Mais j'ai peur de ne pas être assez rapide pour enfoncer le mur seule. Une fois la caméra démolie, Ils pourraient se pointer tout de suite. Et cela ne donnerait rien de bon. Alors je fais comme si. Je dessine. Je suis gentille. Je fais le rat docile. Je bois de l'eau. Je marche. Je ne cours plus. Je retourne dessiner. Ma cible grandit. C'est long, je creuse plus profondément. Jusqu'au plâtre. Mes doigts me font mal. Je ne m'arrête pas.

Je pense à Julien. Dans une autre pièce. Julien qui se réveille. Qui réalise que je ne suis pas là. Qui m'a promis de me sortir d'ici. Qui ne s'arrête pas. Qui ne s'arrête jamais. Qu'est-ce qu'Ils lui ont fait pour le retenir? Pour qu'il reste dans sa pièce? Ils l'ont attaché? Ils l'ont mis sous sédatif? Ils l'ont éliminé? Je ne veux pas y penser. Je ne peux pas y penser. Mon ventre se tord. Cette étrange crampe qui m'est venue devant ses blessures, elle me revient juste en imaginant sa douleur. Le bruit. Le bruit de mon curseur sur le béton. Je me concentre sur le bruit. Je continue à creuser. Le bruit est répétitif, hypnotisant. Le mouvement est répétitif, hypnotisant. Je ralentis ma respiration. J'écoute le bruit. Je regarde mon mouvement. C'est presque une transe. Je ne sens même plus la douleur dans mes doigts. Je creuse, je gratte le béton. C'est tout ce que je suis, là. En ce moment. Un rat qui gratte pour sortir de sa cage. Méthodique. Acharné. Je creuse, je gratte. Je ne m'arrête pas.

Je prends une grande inspiration. Je ne dois pas me précipiter au mur dès mon réveil. Ils pourraient se douter de quelque chose. Peut-être se doutent-Ils de quelque chose. Tant qu'Ils n'interviennent pas, je m'en fous. Je me lève. Je bois. Je vais au drain. Mes doigts sont douloureux. Mes épaules sont courbaturées. Les muscles du bas de mon dos m'élancent. Je marche un peu. J'enlève ma jupe et je vais au mur. Encore une journée et j'aurai un trou assez grand pour passer les épaules. Je pourrai défoncer le plâtre avec le pichet et aller retrouver Julien.

Aujourd'hui. Je n'ouvre pas les yeux tout de suite. Je me demande si je dois briser la caméra avant de défoncer le mur. Je me demande si cela vaut la peine. J'ai la nette impression que le poste d'observation est loin d'ici. Que j'ai le temps de me perdre dans le labyrinthe de corridors avant qu'Ils arrivent. S'Ils arrivent. Je crois que je vais défoncer le plâtre. J'ouvre les yeux. Boire, vider le pichet et défoncer. Je me lève. Mes muscles sont encore courbaturés, mais la douleur est moins présente. Moins intense. Je marche vers les pichets. Quelque chose ne va pas. Avant même de les voir de près, j'ai compris. Ils ont remplacé les pichets de plastique par des contenants en mousse de polystyrène. Qui s'effritent au moindre impact. Je reste immobile. Il y a trop de mouvement dans ma tête, dans mon corps. Tous mes sens rejettent cette simple réalité. Non. C'est impossible. C'est trop bête. Je regarde autour de moi. Je cherche. Une autre option. Une autre solution. Il n'y a rien. Que du vide. Du putain de vide. Je retourne à mon matelas. Je me couche. Je ferme les yeux. Je ne bouge plus.

J'ouvre les yeux. Il n'y a que du noir. Encore le coup de la lumière. Je lâche un juron. Je ne m'entends pas. Je reconnais le trop de silence. Cette espèce de pression du vide. Encore le coup de l'ouïe. Ils peuvent fermer mes oreilles. Et puis quoi encore? Il n'y a même pas un début de panique. Ma respiration ne s'accélère même pas. Je ne fais pas comme si je n'avais pas peur, je n'ai pas peur. Je m'en fous. Je m'en fous. La seule chose que je veux, c'est Julien. Mais Ils me l'ont pris. Ils me l'ont enlevé. Ils m'ont laissé croire qu'il était mort. Les salauds. Je sors doucement la main du matelas, je ne trouve que le béton froid. Rien de coupant. Je tâte autour de mon matelas. Rien. Je me lève. Je sais faire sans mes yeux. Je sais faire sans mes oreilles. Je sais qu'il est vivant. Quelque part. Dans une autre foutue pièce grise. Je sais que je peux le trouver. Défoncer les murs. Je peux. Même si cela me prend dix ans. Même s'Ils l'ont envoyé à l'autre bout du monde. Je vais le trouver. Je respire. Et je le sens. Tout se fige en moi.

Il n'est pas au bout du monde. Il est quelque part dans cette pièce. À quelques pas. Je reconnais son odeur. C'est lui. Il est là. Ils ne m'ont pas enlevé mon odorat. Je le sens. Il dort. C'est son odeur quand il dort. Je n'ai qu'à le trouver. Avant qu'il se réveille et se mette à bouger. J'inspire profondément. Je tremble. Mes jambes me soutiennent à peine. Je fais un demi-cercle avec mon pied pour couvrir le plus de surface possible. Je fais un pas.

Si je suis à l'écoute de mon corps, je peux percevoir la chaleur qu'il dégage avant même de trouver son matelas. Ils ne peuvent pas m'enlever ce que je ressens. Je ratisse le noir, j'écoute mon nez, je me concentre sur la température. Un demi-cercle. Un pas. Je ne m'arrête même pas au reste. Je ne réfléchis pas. Je suis en mouvement. Je vais vers lui. Un demi-cercle. Un pas. J'accélère. Le béton est frais sous mes pieds. Comme d'habitude. Je fais un autre pas. Un autre demi-cercle avec la pointe de mes orteils. Toute mon attention est dans les quelques centimètres de peau au bout de mon pied. Je cherche la chaleur. Il dégage de la chaleur. Surtout quand il dort. Un autre pas, puis je sens le léger changement de température. J'y arrive. Son odeur vient avant, plus intense, puis sa chaleur, et mon pied bute contre son matelas. Julien. Enfin. Je m'agenouille, je tâtonne un peu, puis je rencontre son épaule. Je pose mes mains sur sa poitrine. Inspiration. Neuf secondes. Expiration. Sept secondes. J'accorde ma respiration à la sienne sans le réaliser. Un moment de calme complet. Il est là. Son souffle est régulier. Son odeur est normale. Je passe une main dans ses cheveux, sur sa joue. Il n'est pas rasé. Il commence à se réveiller. Je cherche sa main, je passe mes doigts sur sa paume. Je sens sa peau rugueuse, mais guérie. Je trouve la cicatrice laissée par mon travail de suture. Je laisse mon autre main sur son cœur. Ils lui ont remis un t-shirt. Il respire plus rapidement. Sa mâchoire craque, résonne dans son corps, sous ma main. Je sens son cœur accélérer. Se réveiller. Il réalise le noir d'abord. Je sens la vibration sous mes doigts quand il essaie de parler. Puis ses mains viennent rejoindre les miennes. Sa main suit mon bras gauche, monte à mon visage. Il fait glisser ses doigts sur l'arête de mon nez, sur mes cheveux. Il sait. Il me reconnaît. Nous sommes aveugles. Nous sommes sourds. Nous sommes là. Il s'assoit et m'attire contre lui. Il me serre dans ses bras. Il m'a cherchée. Je le sais. Je le sens.

Il prend ma main droite. Il me fait de la place sur son matelas. Il me tient contre lui et me serre fort. Il ne va pas me lâcher. Il n'y a pas de mot, mais j'entends ce qu'il me dit; il ne me lâchera plus jamais. Il passe un bras autour de moi. Sa main repose dans mon dos. Il suit distraitement le chemin de mes tatouages. Son souffle est régulier, ses expirations viennent chatouiller le haut de ma tête. On ne peut rien dire. Je ne réfléchis même pas. Il est en vie. Je suis dans ses bras. Je sens son odeur. Sa chaleur m'enveloppe. Je pose les mains sur son torse et j'entends son cœur battre. Sa main dans mon dos s'arrête un moment. Il est là. Avec moi. Sa main remonte vers mes cheveux. Glisse le long de mon visage. S'arrête sur ma joue. Son pouce trouve mes lèvres. Il passe doucement sur mon sourire. Parce que je souris. Sa main glisse sur mon menton et relève ma tête, comme s'il voulait rencontrer mon regard. Ses lèvres se posent sur les miennes. Aussi légères que la caresse du vent. Un baiser. Doux. Simple. Un contact. Dans le silence, dans le noir, il n'y a que mes lèvres et les siennes. Et ce baiser.

Il m'enlace. Il se recouche et me fait suivre son mouvement. Ses bras, ses jambes, il s'enroule autour de moi. Il ne bouge plus. Je reste ainsi, au milieu de lui. Le front contre son torse. La tête sur son bras. Je sens son cœur battre. Je sens le poids de sa jambe sur la mienne, le poids de son autre bras sur ma hanche. Sa main dans le creux de mon dos. Je laisse mes heures de cauchemar glisser loin de ma conscience. Julien. Là. Avec moi.

Nous restons longtemps ainsi, sans bouger. Comme si un petit mouvement pouvait changer quelque chose à cet état de sérénité, comme si bouger pouvait changer notre réalité.

Je me fais réveiller par une caresse. Le noir. Le silence. Dans les bras de Julien. La main de Julien sur ma cuisse. Une caresse qui hésite. Comme une question. Il s'est réveillé avant moi. Sa main s'arrête à la bordure de ma jupe. Mon front est encore appuyé contre son torse, je n'ai pas bougé dans mon sommeil. Je relève un peu la tête et dépose mes lèvres dans le creux de son cou. Je sens son pouls s'accélérer sous mon baiser. Sa main monte sous ma jupe, sur ma cuisse, très lentement, tout doucement. Je n'entends pas le bruit du tissu qui se froisse, je n'entends pas le glissement de sa main sur ma peau. Je le sens. Il monte jusqu'à ma fesse, puis me tire encore plus proche de lui. Je suis emboîtée dans son corps, je suis enveloppée. De lui. Il me serre. Doucement. Je ne vais nulle part. Je suis ici. Maintenant. Avec lui. Il passe sa main libre sous mon chandail, dans mon dos. Il l'effleure du bout des doigts. Je sais qu'il vérifie si mon dos est guéri. Mon dos est guéri. Il y a une pause, il hésite. Je me tortille un peu et j'enlève mon chandail. Il finit le mouvement avec moi. Je faufile une main vers son ventre pour trouver la bordure de son t-shirt et je remonte le tissu en frôlant sa peau. Il enlève le vêtement. Je sens son corps contre le mien, sa peau contre ma peau. Il me fait basculer sur le dos. Le silence. La noirceur. Chaque mouvement se fait au ralenti, à l'écoute de ce que nos oreilles ne peuvent entendre. Il est contre moi. Le déséquilibre dans son poids me laisse deviner qu'il est appuyé sur son coude droit. Son visage est tout proche du mien, à quelques centimètres, son souffle est chaud sur ma joue, puis ses lèvres sur mon front descendent jusqu'aux miennes. Un frôlement. Aérien. Agile. Je prends son visage entre mes mains, sa barbe de quelques jours me chatouille le bout des doigts. Sa barbe, ses joues. Julien. Je suis l'os de sa mâchoire avec mes pouces, je descends sur sa gorge, je place mes mains sur sa poitrine, j'écoute son cœur avec mes doigts, j'écoute son souffle. J'explore son ventre du revers de ma main droite en laissant l'autre sur son cœur. Je sens le frisson se former sur sa peau. J'inspire. Mes mains remontent vers son visage. Je l'immobilise, je passe ma langue sur sa lèvre inférieure. Je sens l'air qu'il expulse soudainement contre ma bouche. Sa main trouve mon menton, sa langue trouve la mienne. Tout son corps pèse contre moi. Je sens son ventre se contracter. Je sens son érection contre mon bas-ventre. Mon corps réagit avant même que j'y pense, mon dos forme un arc et mon bassin se presse davantage contre lui. Il glisse sa main sous mes reins. Il guide le mouvement de mes hanches vers lui. Nos lèvres n'ont plus besoin de nos mains pour se trouver. Il prend ma bouche avec sa langue. J'ai faim de lui. Je le veux. Tellement. Mon désir se fait si intense qu'il est presque douloureux. Presque. Sa main remonte sur ma hanche, trouve le chemin de mon ventre jusqu'à ma poitrine. Il glisse les doigts sous mon soutien-gorge, remonte l'élastique au-dessus de mes seins. Ses lèvres quittent les miennes alors qu'il utilise ses deux mains pour retirer ce bout de tissu que je n'ai pas enlevé depuis que je suis ici. L'air sur mes mamelons comme une caresse, puis vient la chaleur de ses mains. Il suit le contour de mes seins, il regarde avec ses doigts, il devine avec ses lèvres. Quand il retire sa langue, le contraste de l'air froid m'arrache un gémissement que nous n'entendons pas. Je ne veux plus de son pantalon contre mes cuisses, je cherche sa ceinture. Ses mains rejoignent les miennes, il défait son pantalon. Je reste immobile. Il fait glisser ma jupe sur mes jambes, il sait qu'il n'est pas nécessaire de défaire le bouton. Il pose ses lèvres à la bordure de ma culotte. Il y a une décharge électrique dans mon ventre. Je sens ses doigts s'insérer sous le tissu. Je retiens mon souffle quand ils s'engagent entre mes petites lèvres. Il découvre à quel point mon corps répond à ses caresses. Il y a un moment infini où rien ne bouge, puis ses doigts glissent à la recherche de mon clitoris. J'essaie de rester immobile, mais je n'y arrive pas, mes hanches entament un mouvement de balancier en se pressant contre sa main, contre ses doigts. Je le sens bouger entre mes jambes. Il retire ses doigts pour m'arracher ma culotte. Il s'allonge contre moi. Je place mes mains entre son corps et le mien, je cherche son ventre, puis son pénis. C'est à mon tour de regarder. J'encercle la base avec ma main droite, je remonte les doigts de l'autre main jusqu'au gland. Je sens son souffle changer de rythme contre mon cou. Ses dents s'enfoncent dans mon épaule. Je le dirige en moi et il s'insère doucement. Lentement. Un battement. Une cadence qui laisse le temps de tout ressentir. Tout ce que je ne vois pas. Tout ce que je n'entends pas. Un autre battement. Ses lèvres. Ma bouche. La vibration de sa voix. Les battements de son cœur. La pénétration. L'odeur de ma lubrification, celle de son sexe. Le mélange de nos parfums. J'enroule mes jambes autour de ses hanches, il s'enfonce plus loin. Complet. Il me tient, ses bras sous les miens, ses mains autour de mon visage. Je ne sais plus où je commence, je ne sais plus où il finit. Il fait noir, il n'y a aucun bruit. Et pourtant je l'entends quand il jouit. Et je sais qu'il m'entend aussi.

J'entends un bruit. J'entends. Je n'ouvre pas les yeux tout de suite. Puis je réalise que le bruit est inhabituel. J'ouvre les yeux. Je vois. La lumière est faible. Mais je vois. Je vois un bout d'herbe. Je rêve. J'inspire. Je sens. L'extérieur. Je rêve. Je ferme les yeux. Je prends une grande bouffée d'air. J'ouvre les yeux. L'herbe est encore là. Le bruit de la nuit. La lumière de la lune. Je suis dehors. La nuit. Au clair de lune. Couchée dans l'herbe. Je suis dans un champ. Je suis dans un champ. Dehors. La nuit. Je dois rêver. Je ne rêve pas. Je sens l'herbe. Je vois la lune. Non. Impossible. Ils m'ont libérée. Ils m'ont balancée dans un champ. J'hallucine. Ils peuvent bien m'induire une hallucination. Je m'assois. Impossible. Plus de matelas. Plus de pichet d'eau. Plus de béton. Plus de gris. C'est fini. J'empoigne un brin d'herbe. Je l'arrache. Cela fait le bruit d'un brin d'herbe qu'on arrache. Je le porte à mon nez. L'odeur de l'herbe. Je suis vraiment dehors. Plus en cellule. Je suis dehors. Puis je réalise. Plus de Julien. Je me lève trop vite. Je cherche autour de moi. Dans l'herbe. Julien. Qui se réveille toujours après moi. Je crie. Je hurle. JULIEN! Je me mets à courir. Partout. Je crie. JULIEN! JULIEN! Non, pas ça. JULIEN! Je sens un étourdissement. Mon cœur s'emballe. Je respire trop vite. Julien. Je suis libre. Je sens le vent sur mes joues. L'herbe sous mes pieds. Il ne fait pas froid. Mais Julien n'est pas là. Je suis libre et Julien n'est pas avec moi. Des larmes se mettent à rouler sur mes joues. Ils m'ont enlevé Julien. Je suis libre. Je ne sais pas son nom de famille. Je ne sais même pas quelle ville il habite. Je suis libre et je ne peux pas le retrouver. Je tombe à genoux. L'herbe craque sous mon poids. Un oiseau de nuit se fait entendre. Je pleure. Je suis libre et je pleure des larmes qui me font plus mal que tout ce que j'ai vécu. Je chuchote entre mes hoquets. Une litanie. Julien, Julien, Julien, Julien. Est-ce qu'Ils l'ont gardé? Est-ce qu'Ils l'ont libéré? Pourquoi moi? Pourquoi pas nous? Ils ne peuvent pas. Ils ne peuvent pas me l'enlever. Je me laisse tomber. Mon visage contre l'herbe. Les salauds. Je pleure. C'est tout ce que je peux faire. Je pleure. Je vais trouver un moyen de le retrouver. Je vais sonner à toutes les portes de tous les Julien de toutes les villes. Mais pour le moment, je n'en peux plus. Je pleure. Puis j'entends. Quelque chose. Loin. J'entends mon nom. Julien. Qui crie. Qui hurle. Il vient de se réveiller. Il hurle mon nom. Je me lève. Il est là. Je crie. Je cours. Il hurle. Je cours vers sa voix. Puis je le vois. Courir vers moi. Nous nous arrêtons à quelques pas l'un de l'autre. Julien. Il est là. Nous sommes là. Nous sommes libres. Dans sa main, il y a un carton, comme une carte d'affaires. Il me la tend. Dessus, en petites lettres noires, il est écrit:

PalinGénésie
Centre de Réhabilitation du Genre Humain
Réapprendre à éprouver, ressentir, vivre

À l'endos, écrit à la main:

Ne rechutez pas.
Nous surveillerons.

Dans la même collection

Alarie, Donald, *David et les autres.*
Alarie, Donald, *J'attends ton appel.*
Alarie, Donald, *Thomas est de retour.*
Alarie, Donald, *Tu crois que ça va durer?*
Andrewes, Émilie, *Les cages humaines.*
Andrewes, Émilie, *Conspiration autour d'une chanson d'amour.*
Andrewes, Émilie, *Eldon d'or.*
Andrewes, Émilie, *Les mouches pauvres d'Ésope.*
April, J. P., *La danse de la fille sans jambes.*
April, J. P., *Les ensauvagés.*
April, J. P., *Histoires humanimales.*
April, J. P., *Mon père a tué la Terre.*
Aude, *Chrysalide.*
Aude, *L'homme au complet.*
Audet, Noël, *Les bonheurs d'un héros incertain.*
Audet, Noël, *Le roi des planeurs.*
Auger, Marie, *L'excision.*
Auger, Marie, *J'ai froid aux yeux.*
Auger, Marie, *Tombeau.*
Auger, Marie, *Le ventre en tête.*
Belkhodja, Katia, *La peau des doigts.*
Blouin, Lise, *Dissonances.*
Bouyoucas, Pan, *Cocorico.*
Brochu, André, *Les Épervières.*
Brochu, André, *Le maître rêveur.*
Brochu, André, *La vie aux trousses.*
Bruneau, Serge, *Bienvenue Welcome.*
Bruneau, Serge, *L'enterrement de Lénine.*
Bruneau, Serge, *Hot Blues.*
Bruneau, Serge, *Quelques braises et du vent.*
Bruneau, Serge, *Rosa-Lux et la baie des Anges.*
Carrier, Roch, *Les moines dans la tour.*
Castillo Durante, Daniel, *Ce feu si lent de l'exil.*
Castillo Durante, Daniel, *La passion des nomades.*
Castillo Durante, Daniel, *Un café dans le Sud.*
Chatillon, Pierre, *Île était une fois.*
de Chevigny, Pierre, *S comme Sophie.*
Cliche, Anne Élaine, *Mon frère Ésaü.*
Cliche, Anne Élaine, *Rien et autres souvenirs.*
Corriveau, Hugues, *La gardienne des tableaux.*
Croft, Esther, *De belles paroles.*

Croft, Esther, *Le reste du temps.*
Désy, Jean, *Le coureur de froid.*
Désy, Jean, *L'île de Tayara.*
Désy, Jean, *Nepalium tremens.*
Dubé, Danielle, *Le carnet de Léo.*
Dubé, Danielle et Yvon Paré, *Le bonheur est dans le Fjord.*
Dubé, Danielle et Yvon Paré, *Un été en Provence.*
Dupré, Louise, *L'été funambule.*
Dupré, Louise, *La Voie lactée.*
Forget, Marc, *Versicolor.*
Gariépy, Pierre, *L'âge de Pierre.*
Gariépy, Pierre, *Blanca en sainte.*
Gariépy, Pierre, *Lomer Odyssée.*
Genest, Guy, *Bordel-Station.*
Gervais, Bertrand, *Comme dans un film des frères Coen.*
Gervais, Bertrand, *Gazole.*
Gervais, Bertrand, *L'île des Pas perdus.*
Gervais, Bertrand, *Le maître du Château rouge.*
Gervais, Bertrand, *La mort de J. R. Berger.*
Gervais, Bertrand, *Tessons.*
Guilbault, Anne, *Joies.*
Guy, Hélène, *Amours au noir.*
Hébert, François, *De Mumbai à Madurai. L'énigme de l'arrivée et de l'après-midi.*
Laberge, Andrée, *Le fil ténu de l'âme.*
Laberge, Andrée, *Le fin fond de l'histoire.*
Laberge, Andrée, *La rivière du loup.*
Lachapelle, Lucie, *Histoires nordiques.*
La France, Micheline, *Le don d'Auguste.*
Lanouette, Jocelyn, *Les doigts croisés.*
Lavoie, Marie-Renée, *La petite et le vieux.*
Lavoie, Marie-Renée, *Le syndrome de la vis.*
Leblanc, Carl, *Artéfact.*
Léger, Hugo, *Tous les corps naissent étrangers.*
Marceau, Claude, *Le viol de Marie-France O'Connor.*
Marcotte, Véronique, *Les revolvers sont des choses qui arrivent.*
Martin, Patrice, *Le chapeau de Kafka.*
Mihali, Felicia, *Luc, le Chinois et moi.*
Mihali, Felicia, *Le pays du fromage.*
Millet, Pascal, *Animal.*
Millet, Pascal, *L'Iroquois.*
Millet, Pascal, *Québec aller simple.*
Moussette, Marcel, *L'hiver du Chinois.*

Suivez-nous :

GARANT DES FORÊTS
INTACTES

Achevé d'imprimer en août deux mille treize
sur les presses de l'imprimerie Gauvin,
Gatineau, Québec